爆肝工程師的異世界狂想曲 2

Kadokawa Fantastic Novels

佐藤
誤闖異世界的三十歲左右程式設計師。
潔娜·馬利安泰魯
士爵家的千金小姐，同時也是聖留伯爵家的魔法兵。
露露
庫沃克王國前任公主。亞里沙的姊姊。
亞里沙
庫沃克王國前任公主。似乎擁有關於日本的知識……？

莉薩

橙鱗族少女。佐藤的奴隸。

波奇

犬耳族少女。佐藤的奴隸。

小玉

貓耳族少女。佐藤的奴隸。

「別碰我的主人——————！」
不可目視的攻擊直接命中了賽恩。

爆肝工程師的異世界狂想曲

2

愛七ひろ

Death Marching to the Parallel World Rhapsody

Presented by Hiro Ainana

Kadokawa Fantastic Novels

插畫／shri

CONTENTS

夜裡的騷動 …… 008

亞里沙 …… 046

誤會是戀愛的調味料 …… 076

門前的襲擊者 …… 116

老鼠公主 …… 140

托拉札尤亞的搖籃 …… 216

新的旅程 …… 288

後記 …… 323

夜裡的騷動

「我是佐藤。雖然沒有被人夜襲或是夜襲別人的經驗，但有機會的話還真想拜託一下性感的大姊姊呢。」

被難以成眠的感覺驚醒後，赫然是一名赤裸的小女孩跨坐在我腰上。

……這是什麼？我在作夢嗎？

就類似以前放長假到祖父的家裡，妹妹和堂姊妹跳到我身上叫我起床時一樣的情境。

不同的是，如今跨坐的小女孩全身赤裸，感覺也不像堂姊妹那樣天真無邪。

原本身子微微擺動的小女孩最後猛然一顫，整個人就這樣趴倒在我赤裸的胸膛。那表情與其說是小女孩，應該算是女人了吧？

「哎呀？吵醒你了嗎？」

發現我醒來後，紫色頭髮的小女孩——亞里沙如啄食般親了我一口。

「嗚呼呼，親到了。」

她頑皮地這麼低語，手貼著我的胸膛撐起身子，露出些許羞澀的微笑。

那看似幸福的表情令人感到愛憐，我於是溫柔地輕撫亞里沙的臉頰。

——令人愛憐？

臉龐的確很可愛沒錯，但總覺得並不是對這種小孩子應該抱持的感情。

我嫌煩地將這番微不足道的困惑驅趕至腦海角落，轉而注視亞里沙。

亞里沙的身體輪廓上籠罩著一層薄薄的紫色光輝。

看起來相當神祕。

「這麼盯著人家看，會不好意思的。」

自己似乎不知不覺中一直凝視著亞里沙的臉。面帶看似並不排斥的表情，亞里沙戳戳我的鼻子。

一種彷彿連心境都返回少年時代的害臊情緒，驅使我將目光從她臉上移開。

剛才看見的淡紫色光輝或許只是錯覺，如今僅在那紫色的頭髮上還殘留著些許的痕跡。

循著頭髮垂下的方向望去，視線來到了亞里沙隱藏著單薄胸部的位置處。

「真是的，男人就是這麼好色……」

隔著頭髮，亞里沙看似難為情地輕輕按住胸口。

我喃喃出聲向亞里沙道歉，然後回想著演變至這種狀況的一連串經過。

從奴隸商人那裡獲得兩人之後，我們……

◆

「無論晝夜都將不停服務，竭盡所能地服侍主人。」

紫髮的小女孩——亞里沙在契約的儀式中說出這番話。由於莉薩她們和黑髮美少女——露露都未說過什麼，所以這大概是她自己的一種的宣誓吧？

奴隸契約的儀式結束，我向奴隸商人尼多廉支付了一枚金幣作為費用。

原本打算讓獸娘們脫離奴隸的身分，但卻被尼多廉制止了。

據他所言，希嘉王國北部對亞人的歧視相當嚴重，除了妖精族之類少數的例外，平民亞人經常無法獲准進入都市甚至遭受奴隸以下的待遇。

更重要的是還有獸娘們哭著懇求：「不要拋棄我們。」於是便打消了這個念頭。

等到前往希嘉王國南部的公都時再來考慮一番吧。

察覺我並沒有多少奴隸相關的知識後，尼多廉便接著說明了許多關於奴隸的知識以及管教方法。

他說後天中午之前都會待在剛才的地方，所以有什麼想知道的事情或者要購買追加的奴隸都可隨時前來。請教問題的話還另當別論，我可完全沒有增加其他奴隸的打算。

剛才進行奴隸契約的儀式之際，我獲得了「契約」技能。雖然是看似可以自行解放奴隸的技能，但實際上卻沒有這麼簡單。

這個「契約」技能是需要詠唱的。大概是一種專為「契約」而設計的魔法系技能吧。

除了奴隸契約，「契約」技能似乎也可以用在普通的契約上。

接著我們幾人在帳棚外彼此自我介紹，開始進行交流。

「那麼，請容我正式做個自我介紹。我出生於如今已滅亡的庫沃克王國，名字叫亞里沙。今年十一歲，還有四年才會成年。儘管動作笨拙，但非常樂意提供夜晚的服務。還請您今後永遠地疼愛我。」

說完這番與年齡不符的流暢問候，亞里沙輕輕捏起裙襬的兩端行了一禮。儘管動作優雅高貴，但由於下襬的長度太短，再加上只是在前方交錯的簡單服裝，使得大腿根部隨之暴露。

於是我將目光轉回她臉上，簡單回答：「彼此彼此，我叫佐藤。」

話雖如此，我對一名小女孩所提供的夜間服務可是敬謝不敏。

「……我叫露露，十四歲。庫沃克王國出身。像我這樣的醜女，體型也很寒酸……雖然無法勝任夜晚的對象，但我會做牛做馬努力工作……所以請不要拋棄我。」

露露低著頭，用瀏海遮住臉部一邊這麼自我介紹。她的聲音很純淨，女童聲高音聽起來十分悅耳。倘若身體沒有顫抖就更好了。

儘管她本人自稱體型寒酸，不過看起來卻將近有B罩杯的程度。既然十四歲就是B罩杯的話，將來的發展應該不可限量。莫非她是巨乳至上主義者嗎？

只要夠柔軟就行了吧！

唔，雖然我根本無意讓中學生年紀的露露提供夜間服務。

畢竟當初會一起買下露露並非出於這種目的，只是因為亞里沙的懇求。

見到那麼小的孩子，眼中含淚哭訴著不願和唯一的姊姊分開時，我還不至於能夠狠下心拒絕。

況且要是提供了關於日本的資訊，我本來就打算讓亞里沙脫離奴隸的身分。所以既然是姊妹，當然在一起比較好。

這兩人都是美女，但人種顯然不一樣。可能是不同父母所生或沒有血緣關係吧。

不管怎麼樣，憑這孩子的美貌，若說是醜女，就算謙虛也太過頭了。

儘管低垂著臉，但和以前電視上看到的全國美少女選拔冠軍相比，完全就是遠遠將其甩在身後的正統派美少女臉蛋。

說穿了，正是我喜歡的那種相貌。要是個性也中意，我甚至希望在她成年後主動向她求婚。

唔，像這樣子亂想一通，用邪惡的目光看待露露也挺傷腦筋的。我輕敲太陽穴，藉此甩開邪念。

繼這兩人之後，我也讓獸娘們出聲問候。

「我叫波奇喲。」

「小玉。」

或許是怕生的緣故，波奇和小玉的話很少。

聽到兩人的名字，亞里沙猛然產生反應。她顫抖嘴角，不過並未說出什麼感想。

「我是橙鱗族的莉薩。由於出生的故鄉橙鱗族的村落遭到鼬人族消滅，所以被賣到希嘉王國當奴隸。幸好遇到了這麼棒的主人願意收留——」

莉薩，妳話好多。

可能是對亞人沒有偏見的緣故，獸娘們在取下兜帽露出臉龐後，亞里沙和露露未表現出任何厭惡感。莫非在他國出身的人眼裡，亞人並非什麼厭惡的對象嗎？

大概是亞里沙和露露的的態度很自然，獸娘們似乎很快就和兩人混熟了。

摸著波奇和小玉的耳朵，亞里沙頂著大眼睛抬頭望向這邊開口：

「話說回來，您竟然會將耳族的孩子收為奴隸呢。」

「嗯嗯，算是有點緣分吧。」

說到這個，由於犬人族和貓人族的數量太多，所以我一直都誤會了。其實不光是聖留市，整個伯爵領的貓耳族和犬耳族就只有波奇和小玉兩人而已。

「因為是人族的身體長了獸人的耳朵和尾巴，她們的父母感到厭惡於是拋棄了這兩人。不過她們的心地都很善良，所以還請不要討厭她們。」

莉薩向亞里沙她們說明波奇和小玉的遭遇。

波奇和小玉除了「佐藤的奴隸」、「調換兒」、「迷宮探索者」的稱號外，還有「弒～者」之類的戰鬥系稱號——在這當中，大和石所顯示的似乎只有第一個。

至於未顯示的「調換兒」既然不是奇幻故事當中常見的解釋，我想大概是指隔代遺傳之類的返祖現象了。

「是的，她們這麼可愛，我們當然不會嫌棄哦。」

「可愛～？」

「小玉很可愛喲！」

「波奇也很可愛～」

聽了亞里沙的稱讚後似乎相當高興，波奇和小玉忸怩地害羞道。

看來她們幾個似乎很合得來。

「那麼先回旅館吧。」

一直待在奴隸商人的帳棚前也無濟於事，我便向五人發話決定返回旅館。

亞里沙很順其自然地抓住我的左手，將手臂勾了上來。雖然是過分的肢體接觸，不過我本來就想牽住她的手以防走失，所以這樣剛剛好。

而另一隻手則是波奇和小玉在互相爭奪。但遲遲無法分出勝負，莉薩於是像拎著行李一樣用雙手抱起這兩人。

看似放棄了掙扎，兩人都垂下手腳變得安分起來。

……她還真喜歡這個姿勢呢。

攜帶長槍的莉薩不方便再帶著兩人，於是我便先代她保管長槍。

雖然露露主動開口說：「我來拿。」但對於體型瘦弱的女孩子來說實在重了點，所以我就繼續拿著了。

太陽即將下山的晚餐時刻，廣場的露天攤販瀰漫著香噴噴的氣味。

西街這邊可能都習慣在外用餐，就連穿著不富裕的人們也紛紛在攤位上吃飯。

仔細一看，好像也有套著項圈的奴隸混在平民當中吃飯。只不過他們並非和平民同桌，而是席地而坐吃東西。

咕嚕嚕嚕～～

可愛的聲音傳來。我回頭望去，露露已經紅透了臉。

美少女羞澀的模樣可愛極了。目前雖然不在戀愛對象之列，但將來的確值得期待。

「味道挺香的。就在這邊吃完晚餐再回去吧。」

明知用不著詢問，我還是向大家問了一聲：「想吃什麼嗎？」

「肉～？」

「肉喲！」

「只要是主人款待的，無論什麼食物都不要緊。倘若真要選擇，有雞肉就再好不過了。」

嗯，這三人的回答果然不出所料。

「我覺得奴隸只要有東西吃就很好了哦？」

亞里沙一臉疑惑的表情傾頭道。我試著詢問她以前都吃些什麼。

「還未抵達聖留市之前，黑麵包和鹹湯就是最豐盛的大餐。」

就某方面來說算是慣例了。

但聽到獸娘們緊接亞里沙之後的回答，我不禁退避三舍。

「橡實～？」

「雜草～」

「像我們這樣的亞人奴隸，最好的時候一天也只分配到一餐，所以像公園裡樹木的堅果或是花草，只要是能吃的東西統統會放進嘴裡充飢。捉到小動物的時候，就和其他的奴隸同伴一起分享。」

話說在那種極限狀態下，居然還能彼此分享食物嗎？獸娘們的善良個性似乎是與生俱來的沒錯，不過最主要是在互相幫助的環境下成長的緣故吧。

起碼和我在一起的時候，就讓他們盡情吃些喜歡的東西好了。

「小少爺！」

宏亮的聲音在廣場上響起。

某人的耳朵大概很不好，對方叫了好幾聲「小少爺」卻一直沒聽到的樣子。

莉薩這時喊了一聲「主人」讓我回頭。

「怎麼了？」

「露天攤販的老闆似乎在叫主人您……」

被委婉地提醒後，我朝聲音的方向望去。一名陌生的男人正揮著手。

「你終於注意到了！小少爺！」

你是誰啊？

「主人，他就是我們從史萊姆那裡救出的男性。」

「啊啊，的確有呢。」

自從來到這裡之後，我就能夠牢牢記住別人的面孔。不過對於不想記住的對象，似乎就會像平常一樣忘記了。

總之無視對方的話感覺也不太好，於是我便主動走上前。

「小少爺，不嫌棄的話請先吃完再走吧！當然，幾位奴隸小姐也是。」

頂著滿面的笑容，中年老闆帶領我們至露天攤販後方的餐飲區。

既然來了，就在這邊吃吧。

畢竟可以聞到肉類料理的香氣，有一間對獸娘們如此友善的店家也挺難得。

「你幹嘛啊，叫得那麼大聲——哎呀，是客人嗎？」

「嗯嗯，剛才不是說過嗎？他們是在迷宮裡救我一命的亞人小姐，以及在城裡的地牢中善待我們的小少爺。」

「就是你說在城裡地下吃到肉的那個夢話？」

「才不是夢話。」

一名雙手提著裝水的桶子，身材發福的中年女性走了回來。

從對話中聽起來，她應該就是這家店的老闆娘了。

「好了好了。感謝你們救了我老公一命。今天就免費招待各位用餐，請盡量吃到走不動為止吧！」

「好棒～？」

「耶～喲！」

「感謝您的盛情招待。」

聽到免費二字，波奇和小玉就如字面上那樣舉起手歡呼。

「哎呀，很有禮貌的奴隸呢。是所謂的知識奴隸嗎？」

「不，是專門從事勞務的。因為當初教我希嘉語的知識奴隸說話很有禮貌。」

莉薩用緬懷般的平靜口吻說道。

側面欣賞完莉薩的這番表情後，我目光環視著餐飲區。大概是還未開店營業，除我們幾個之外沒有其他人。

我向老闆夫婦徵得了同意，讓奴隸女孩們坐上椅子。

老闆娘一開始皺起眉頭，但或許想到對方是老闆的救命恩人，便一改態度很親切地同意了。

不過她同時也表示怕被其他客人看到之後會引發糾紛，所以我們選在屏風後方的位子就座並點了食物。

「來，讓各位久等了。這些剛宰殺的赤鹿內臟，是請熟識肉鋪分給我們的。」

老闆這麼自豪道，然後將裝滿深盤的燉內臟料理逐一擺在眾人面前。不僅如此，還在桌子的正中央「咚」地一聲放上裝有蒸地瓜的大蒸籠。

燉內臟當中不僅有內臟，而是和鹿筋、名為「希嘉大豆」的蠶豆狀綠色豆子以及看似銀杏的堅果連同外殼一起燉煮。至於黑色的纖細物體應該是牛蒡吧？

看到滿滿的肉，波奇和小玉的眼睛頓時閃閃發亮。

就連表情一本正經的莉薩，尾巴也老實地拍打著地面。

「好了，快乘熱吃吧。」

亞里沙和露露說了一聲「開動了」便開始用餐。露露好像是從亞里沙那裡學來這種習慣的。

自從出社會後很常在外用餐，於是我就沒有教獸娘她們「開動了」或「吃飽了」之類的禮貌。

至於飯前要洗手，吃飯時要使用餐具，這些倒是已經教過一遍了。

「燙燙喲。」

「哈呼哈呼～？」

急忙開動的波奇和小玉，兩人被食物燙得眼珠子直打轉。

「要先『呼——』吹氣，等涼了之後再吃。」

「系！」

「好喲！」

見到我教波奇和小玉她們吹氣的動作，亞里沙用手按住嘴巴低下頭。

順風耳技能聽到亞里沙喃喃自語：「想要萌死我嗎？」但我極力不予理會。

「好吃好吃～？」

「很好吃喲！」

波奇和小玉用正手姿勢握緊住叉子，像狗一樣以口就食。眼看兩人的頭髮就要跑進盤子裡，我便拿出帶子幫她們綁起來。其他人看了很羨慕的樣子，於是我同樣也將帶子分給了她們。

當然，除了這兩人以外，其他人也已經開動了。

莉薩用叉子叉起一塊肉，放入嘴巴後一臉正經地咀嚼著。明明在吃東西，卻給人一種彷彿在修行的感覺。

亞里沙和露露都不發一語。但並非料理不合胃口，她們似乎只是在拚命吃東西罷了。

亞里沙的動作文雅，不過可能是燉內臟太好吃，她將嬌小的臉頰塞得整個鼓起。那賣力的模樣就像松鼠一樣可愛。

至於露露雖然很客氣，但同樣也在拚命吃東西。

「真的很美味。」

「軟軟的～？」

「這邊硬硬的喲！」

聽到莉薩稱讚內臟料理的美味，波奇和小玉也紛紛用不多的詞彙表達感想。

就連亞里沙和露露兩人，她們同樣用手摀著嘴巴不斷點頭表示贊同。

那麼，用餐景象就享受到這邊為止，我也開動吧。

由於已經聞夠了香味，我直接用湯匙舀起燉內臟的湯汁送入口中。

嗯，味道有點鹹，不過真的非常好吃。

大概是因為附近一帶有許多體力勞動者，所以才會如此調味吧。

內臟料理雖然可以享受到多樣化的口感和滋味，但也有人討厭其中特有的腥味。不知是烹煮前的準備夠仔細，或者一併烹煮的香草比較特殊的緣故，這裡的料理完全沒有腥味。

「小少爺，味道如何呢？」

「嗯嗯，簡直不會輸給城裡的料理。」

「這真是太過獎了。」

老闆擦了一下鼻子下方「哇哈哈」地豪爽大笑以掩飾害羞。

大概是被稱讚後相當開心，他不久後又端來了追加的料理。

「小少爺，不嫌棄的話也嚐嚐這個怎麼樣？」

說著，老闆端出的盤子裡裝滿了腸子和韭菜般的香草一起拌炒的所謂「烤腸」。另一手的盤子裡則是盛有心臟和肝臟切片的燒烤料理。這邊就比較少量了。

「真是豐盛呢。」

「噢，請乘熱吃吧！」

「最近獵人們經常會帶獵物過來，進貨的價格也比往常便宜。所以請不要客氣，盡量享用吧。」

所幸流星雨並未導致獵物減少。至於獵物的增加，但願不要是深山裡出現凶暴魔物的預兆就好了。

也罷，先別擔心這種事。既然老闆娘都這麼說，那就不客氣地享用了。

露露的動作看起來挺怯懦，於是我各夾一點菜放在小盤子先遞給她。

不知不覺中，我就這樣幫所有人都分裝在小盤子裡。

∨獲得技能「服務」。

雖然獲得了奇怪的技能，但我並不打算分配技能點數。

大盤子裡的料理都很好吃，不過肝臟的味道特別好。儘管擔心食物中毒，我卻很願意品嚐這麼美味的生肝臟。

波奇和小玉對新的肉類料理感到興奮，一下子便吃完小盤子裡的肉，接下來開始享用烤腸。

「辣辣好吃。」

「好……好辣喲。」

兩人似乎都不善吃辣，放進嘴裡的第一口就讓她們露出難以言喻的表情。

換成漫畫的話，眼睛大概會用×符號來表現吧。

味道的確很辣，不過對於吃慣了超辣料理的我來說挺普通的。若不到又痛又癢的程度就沒有吃辣的感覺，這點還挺糟糕的。

「好像是加入辣椒粉一起拌炒的呢。波奇、小玉，怕辣的話就不要勉強，我負責吃完吧。」

這麼替波奇和小玉著想的同時，莉薩一邊拚命將烤腸送入嘴裡。

至於早早吃完燉內臟的波奇和小玉，只能咬著叉子滿臉羨慕地抬頭望著莉薩。

或許是覺得她們很可憐，亞里沙便將自己盤裡的內臟分到波奇和小玉的盤子中。這可能純粹只是因為她吃不習慣，但波奇和小玉卻是高興得幾乎站上椅子。

先不說亞里沙和露露，既然波奇和小玉還一副意猶未盡的樣子，我便站起來打算向老闆再繼續加點。

「主人，有什麼事我來代勞吧。還請您吩咐。」

「唔，不用了。我只是去加點東西，順便到附近的露天攤販幫亞里沙和露露採購外套跟鞋子。」

「買……買東西的話，我去！」

莉薩和露露都站了起來。

至於波奇和小玉則是保持啃著肝臟的姿勢，僅轉動目光向上望來。

「妳們都繼續吃東西吧。這可是『命令』哦。」

外套這些東西雖然可以吃完再去買，但坐在正前方的露露胸部若隱若現的，實在讓我無法專心用餐。雖然坐在她旁邊的亞里沙也完全暴露出平坦的胸部，但那個根本就不痛不癢。

「怎麼了？小少爺。」

「嗯嗯，我想再加點一些燉內臟。」

「噢，包在我身上！」

在別人請客的情況下還加點東西實在不好意思，所以我乘老闆準備的時候將幾枚大銅幣先交給老闆娘作為加點的費用。

同時還詢問老闆娘是否可將其他露天攤販的商品帶進來，並順利獲得了同意。

老闆娘之後前去招待外帶的客人，我便請正在準備料理的老闆介紹一下哪裡有好吃的雞肉串。

「雞肉串的話，那家懸掛紅色旗子的店很不錯哦。其他店在準備材料的時候都挺隨便的。」

據老闆所言，有些店家似乎只是隨便將雞肉切塊後烤一烤就了事。

向老闆道過謝，我走向紅色旗子的店家。

這裡沒有甜辣醬口味，都是鹹口味的雞肉串，但抗拒不了雞肉油脂烤過的香氣，我當場便試吃了一串。

不愧是用炭火剛烤好，僅咬下一口，多汁的雞肉美味便充滿整個嘴巴。

鹹度適中。但並非食鹽，而是類似岩鹽的複雜鹹味。

——啊啊，好想配上冰涼的啤酒。

向老闆大力稱讚雞肉串的美味後，我買了剛出爐的三十串返回眾人等待的場所。

途中發現附近的小巷裡發出亮光，於是將臉轉向那邊。

無數成對的光芒自黑暗中隱約浮現。

——是狗？

在眼睛還未適應之前，ＡＲ顯示便告訴我那些光的實體為何。

似乎是犬人族奴隸的小孩。其中也有貓人族的孩子。

向前靠近一步，光猶如驚慌一般開始蠢動。

再向前一步後，終於能在黑暗中見到他們的身影。

其模樣就像用兩腿站立的狗。猶如週日兒童節目裡所出現的那種可愛玩偶。真想不到竟然還有人會迫害他們……

他們的目光停留在我手中吃到一半的雞肉串上。

裡面的幾人更是閉上眼睛，看似陶醉在香氣之中。

「想吃嗎？」

「……口……口以嗎？」

犬人族的小孩用含糊不清的聲音回答。看來似乎是嘴巴的構造不同，希嘉國語也說得不好。

我對此緩緩點頭表示同意，一邊將剛買來用大片葉子包裹的雞肉串全數送了出去。

「不能搶，要大家分著吃哦。」

「系。」

「洩洩——」

向異口同聲道謝的孩子們揮揮手，我又返回剛才紅色旗子的店家。這次買完真的得帶回去才行了。

等待新雞肉串烤好的期間，我先去準備忘記幫亞里沙和露露購買的外套和草鞋。

雞肉串大受好評，不光是亞里沙，露露也面露笑容。

甚至連莉薩也感動落淚地哽咽。

「飽飽的～？」

「滿滿的幸福喲！」

連湯汁也一滴不剩喝完後，波奇和小玉呼出幸福般的一口氣。當然，其他三人也看似相當滿足。特別是莉薩，一臉說不出話的滿意表情沉浸在餘韻中。

向提供美味食物的老闆夫婦道謝後，我便帶著大家返回旅館。

◆

「歡迎光臨——佐藤先生！」

抵達門前旅館的前方，迎接我們的是瑪莎充滿活力的聲音。

她甚至忘記撿起掉落的托盤，直接衝過來輕輕抱了我一下表達重逢的喜悅。

推開入口處好奇地看著這邊的客人，老闆娘走了出來。

「我聽馬利安泰魯小姐說了，真是無妄之災呢。房間我一直幫你留著，隨時可以休息……不過人數倒是增加了不少呢。」

「是的，要是沒有這些孩子，我就無法活著從迷宮回來了。」

亞里沙和露露是離開迷宮才認識的，這點解釋起來比較麻煩，於是便省略不提。身後的亞里沙傳來一聲低語：「迷宮？」稍後再向她說明好了。

「那麼，我想一併預約這些孩子的房間，請問還有空房嗎？」

「很抱歉，都客滿了……」

聽了老闆娘含糊的回答，我將目光望向店內抱起雙手瞪著這邊的老闆。

不光是老闆，在入口處偷看這邊的客人們也投來對於獸娘們的惡意目光，同時用細不可聞的音量偷偷交換著罵人的語句。

這種小人般的霸凌行為實在令人火大。

我將波奇和小玉藏在身後以阻擋對方的視線。

——要找其他的旅館嗎？

時候也不早了，乾脆就讓亞里沙和露露睡在我的房間，而我自己就和獸娘們一起露宿附近的公園吧。即使是露宿，也總比睡在迷宮的石地板上好得多。

「瑪莎，幫我帶這兩人到房間裡。老闆娘，兩人的追加費用是多少錢？我和其他三個人要到別的地方露宿。」

我的修養還是差了那麼一點，無法按捺住撂下狠話般的語氣。

就在心中的怒意讓雙手顫抖之際，亞里沙伸出自己的小手將其包覆起來。

「主人，請先冷靜下來。各位也是，一直這麼瞪著，我們都害怕得發抖了。」

亞里沙走到我面前，向老闆娘及後方的醉漢們這麼說道。

嘴上說害怕，其從容的口吻卻不像一個小孩子。

「太太，方便的話能不能借用倉庫或者馬廄的角落？這些孩子在迷宮裡救了許多人族。信賞必罰雖然是軍人的口號，但能否為這些孩子的善行施捨一些呢？」

「啊，嗯嗯……倉庫雖然不行，不過這裡很少客人乘坐馬車，所以馬廄倒是可以使用哦。至於佐藤先生的房間，我會叫人多加一張床，妳們先在酒館旁邊等一下吧。」

或許是被身材嬌小的亞里沙說動了，老闆娘一下子便同意讓獸娘們在馬廄過夜。其他醉客臉上的惡意也頓時消散，紛紛垂頭喪氣返回自己的座位。

「這樣是不是稍微派上用場了呢？」

「嗯嗯，真是幫了大忙。」

面對抬頭望來有些得意的亞里沙，我摸摸她的頭誠心道謝。

請瑪莎把我們帶到馬廄之後，我將新鮮的乾草收集起來鋪滿整個地面。

儘管一開始有些為難，但或許是酬勞的銀幣威力太大，瑪莎便同意讓我們盡情使用乾草。既然是對方的好意，用起來也就不用客氣了

我在乾草堆上鋪了防水的帳棚，然後再蓋上觸感柔軟的床單。這樣一來，睡覺時應該就不會被乾草刺到了。

製作乾草床鋪時，不知為何又獲得了「裁縫」技能。儘管很莫名其妙，不過看起來還挺有用處，姑且就當成是自己運氣好吧。

我還留下好幾張戰利品當中的毛皮和柔軟的布匹給她們當作被子。

明天再去購買更暖和的毛毯或棉被吧——唔，應該先找其他旅館或租房子才對。

「軟綿綿～？」

「好像城堡的床喲！」

波奇和小玉開心地撲向稻草床。

面對莞爾地望著這兩人的莉薩，我將放有食物和武器的包包交給她。

雖然市區內禁止奴隸攜帶武器，但奴隸商人尼多廉告訴我，只要以「保管主人的財產」名義就可以讓她們帶著了。

「要是有不肖之輩溜進來，以不殺死為原則盡量排除。只要大聲呼喊，我立刻就會來救妳們的。」

「是的，我一定會保護好主人寄放的物品。」

「莉薩妳們三個人比較要緊，記得優先保護好自己的安全。緊急的時候就算拋棄物品也無妨。」

我向緊握拳頭燃燒使命感的莉薩這麼叮嚀道。東西再買就有，還是三人的性命和貞操重要多了。

寄放的物品當中包括食物，我同樣也允許她們肚子餓了可以自行食用。

如果早上賴床，我可不想讓這些孩子餓著肚子。

備用的床搬完之後，我帶著亞里沙和露露進入變得擁擠的房間裡。

幫獸娘們製作床舖比想像中更花時間，所以這兩人都有些睏了。唔，露露的臉色略微蒼白，比較像是累了吧。

本來想在就寢之前詢問亞里沙為何懂日語的理由，不過這件事情也不急，還是明天再說好了。

「今天就先睡覺吧。」

燈光只有燭台上的蠟燭，室內顯得十分昏暗。

見我脫下外套，露露急忙跑來一把接過，將其吊在房間牆壁掛著的木製衣架上。發現她還想繼續幫忙脫長袍後，我便委婉地制止。

「不用幫忙了。去做自己的事情吧。」

「……是……是的！」

些許的沉默讓我感到詫異，於是便望向露露。她一對上我的目光便焦急地後退，然後被床鋪的木框絆倒腳整個人向後倒去。

「妳還好吧？」

「沒……沒事，不要緊！真的不要緊！」

本來想伸手拉她起來，卻被急忙拒絕了。

露露大概不太善於和男性相處吧。

——不，就因為是初次見面的男性，所以這是再正常不過的反應了。

「這樣啊？那就趕快準備一下吧。」

我叫她們準備睡覺，不過似乎讓這兩人會錯意了。

為了不看到們換衣服的模樣，我於是轉過身將脫下的長袍折疊起來。身後的衣物摩擦聲靜止了好一會，待亞里沙報告：「準備好了。」我才回過頭。

——怎麼全都脫光光了？

這兩個女孩是裸族？是裸族嗎？

藉助「無表情」技能，我按捺著內心的震驚。

「妳們兩個。床上的被子很薄，衣服全脫掉的話會感冒哦。」

我極力保持平靜，催促她們將衣服穿上。

我對亞里沙年幼的裸體並沒有什麼感想，不過露露那種彷彿只在電視上才能看到的清純肢體卻讓我差點忘了要呼吸。我有些厭惡這樣的自己。

儘管無意和露露進展戀愛關係，但若是在此表現出慌張，進而被當成有那種性癖好的人，我可就敬謝不敏了。

於是我用意志力克服了衝動，不讓目光停留在露露那頗有料的胸部上。

乘著還未演變成性騷擾事件，得先去光顧一下聖留市的紅燈區才行。

現在的我是十五歲的外表，但幸好在這個國家似乎是成年人，就算上紅燈區應該也不會吃閉門羹才對。

面對赤裸的兩人，我再度催促著她們穿衣服。

「剛才給妳們的襯衫，就穿起來當作睡衣吧。」

「啊！那個，關於服務……」

在床上興沖沖地撩起棉被的亞里沙，這時茫然地把話說到一半。

這個世界的奴隸，莫非夜間的服務都是標準配備嗎？

「唔，不用了。明天早上還要讓妳們去買一些日常用品，所以今天就先睡吧。」

「——不用了？」

相較於表情錯愕的亞里沙，我優先選擇安撫聽了我的話之後開始流下豆大淚珠的露露。

我用床單遮住露露的身體，然後將手帕遞給她。

要向一個剛見面的大叔——儘管外表年齡相同——獻身，即使是淪為奴隸之身，想必也十分痛苦吧。當整個人完全放下心後，她會哭出來也是理所當然。

倘若她們都是妙齡美女，我的理智就會大受考驗。但我根本無意對少女進行性騷擾，所以便耐心地解釋：「以後統統不需要什麼夜間服務了。」

因為露露似乎不善於和男性相處，於是我著擦拭對方的淚水，一邊將安慰露露的工作交給亞里沙負責。

見到這兩人的模樣，真不知道誰才是姊姊。

露露不久終於哭累睡著，而亞里沙也就這樣跟著入睡。我將薄被和交給獸娘們的那種毛皮蓋在她們身上。這樣一來整晚都會很暖和才是。

閉上眼睛的亞里沙，臉頰看似有些不滿地鼓起的樣子。應該是錯覺吧……

暫且將這種事情放一邊，我同樣也很疲勞，於是便鑽進床鋪準備立刻就寢。面對閉上眼睛後依然顯示的主選單，我透過思考將它們全數關閉後入睡了。

◆

然後就直接跳到開頭的那個狀態。

——奇怪，我根本沒有印象和亞里沙共枕眠。

梳理著亞里沙的頭髮，我一面享受著那光滑的觸感。

彷彿發癢一般微笑的亞里沙，簡直可愛極了。

——臉龐的確很端整，不過我什麼時候對小女孩感興趣了？

亞里沙發出竊笑的聲音，一邊用手指輕柔地劃過我的胸前。

那白皙的手指十分嫵媚。

——嫵媚？

析。

我彷彿是雙重人格那樣，一邊接受亞里沙的愛撫，另一邊卻又帶著疑問的目光進行分析。

或許是前者擁有主導權，後者很快就被驅逐到意識的角落。但後者也不甘示弱，每當我心生什麼疑問就會捲土重來。

當這種一進一退的拉鋸狀態結束，已經是亞里沙在我的耳邊、鎖骨以及胸膛依序親吻的時候了。

回應著亞里沙的愛撫，就在我反過來從她的頸部開始撫摸之際，腦袋裡不禁生出「好想要」的念頭。

面對一名小女孩，有這種想法也太奇怪了。再怎麼說都很不對勁。

朦朧的思考變得清晰一些。我透過思考打開主選單，將紀錄顯示設定為開啟。

——接著在紀錄中發現了事實！

我緩緩抬起身子，雙手插入舉頭望向這邊的亞里沙腋下將她抬起，然後以臉靠在脖子上的姿勢緊抱著她。

儘管反應有些慌亂，亞里沙仍愛憐地抱住我的頭。

我在她的耳邊柔聲卻又清晰地下達了「命令」。

「亞里沙，禁止使用魔法和技能。這是命令！」

亞里沙鬆開手，一臉錯愕的扭曲表情面向這邊。

乘這個空檔，我再度下達命令：

「接著命令妳！現在立刻解除已經生效的魔法和技能效果！」

命令似乎很快就被受理，紀錄上顯示著魔法效果已經解除。AR顯示的資訊也在不斷變化中。

為保險起見，我事先將紀錄上顯示的「精神抗性」技能取得至最大值。此外好像還獲得了「夜視」和「精神魔法」之類的技能，但目前這並不重要。

「為什麼……」

「這才是我想問的吧？妳用精神魔法操控我，到底有何目的？」

沒錯，包括在旅館的入口和剛才，她總共使用了兩次魔法。

在旅館時還無妨。畢竟她所使用的兩種魔法「平靜空間」和「倦怠空間」恐怕是用來中和眾人對獸娘們的惡意。

然而，她剛才對我施展的卻是「迷魂」、「誘惑空間」、「發情空間」三種。

感覺得到她顯然打算誘惑我，然後進而隨心所欲操控的強烈意圖。

知道亞里沙懂得日語之後，我在驚訝之餘竟然忘了她當初在AR顯示上的技能為「不明」——沒錯，並非「無」而是「不明」。

「……什麼精神魔法——」

「禁止敷衍我或是裝糊塗。這是命令，說出妳的目的。」

我封鎖她的退路繼續問道。

＞獲得技能「審問」。

不錯，來得正好。我分配點數使其生效。總之先把技能等級提昇至五左右吧。

「再說一次。老實交代妳的目的。」

「……因為我想要替主人服務嘛。」

或許是放棄抵抗，她有些嘔氣地說出原因。

之前那種端莊的感覺已經蕩然無存。

「完全聽不懂呢。再說得明白一點。」

「討厭！不是都說了嗎？第一次碰面時，我就對你一見鍾情了！」

——啊！一見鍾情？

意料之外的這句話讓我愣住，忘了要繼續追問。

「細緻柔軟的黑髮！毫無防備的表情！並非西洋人臉孔的娃娃臉！纖瘦的軀體！沒有多

餘體毛的光滑四肢！要是這種人能當我老公該有多好！一直朝思暮想的對象如今變成我的主人，結果居然說不需要我的服務！這種事情絕不能允許！所以我才使用了魔法！就為了讓主人可以迷上我！」

抓住這個空檔，她像機關槍一般吐出這麼一串話——有些自暴自棄的感覺。

「於是在讓我著迷之後，打算對我實施洗腦嗎？」

「不對！完全不是這樣！我成為奴隸時已經發過誓：『無論晝夜都將不停服務，竭盡所能地服侍主人！』所以誘惑主人，讓主人感到舒適，就是我身為奴隸的職責！」

這是什麼邏輯？

更棘手的是，她看起來並不像在撒謊的樣子。

畢竟奴隸根本就無法違抗主人的「命令」。

「場面話我明白了。那麼妳的真心話是？」

「我本來一直等著主人前來夜襲，結果真的睡著了……無奈之下只好溜到床鋪上，看到主人的睡相就變得情不自禁。」

她露出擬聲「嗲嘿」般的害躁表情。我看了有些火大，於是便拉扯她的臉頰。給這麼一點懲罰應該不為過吧。

「好洞……好洞，洞洞的留給第一次就夠勒。」

薄薄的臉頰還挺有彈性的。

雖然很有趣，不過看到亞里沙眼角浮現淚水後我便停手了。

「虧人家一開始還拚命忍耐呢～」

「所以妳只是被欲望沖昏頭才來偷襲我？」

「是啊。」她這麼點頭道。

「真是的，妳究竟是什麼人啊……」

ＡＲ顯示中跑出這樣的訊息——

姓名：亞里沙。

年齡：十一歲。

等級：十。

稱號：「佐藤的奴隸」

　　　「亡國的魔女」

　　「發瘋公主」

技能：「精神魔法」

天賦：「自我確認」

「能力鑑定」

「技能隱蔽」

「寶物庫」

特殊能力：「不屈不撓」

「力量全開」

——真是的，淨是一堆沒看過的技能。

面對我的問題，亞里沙頑皮地回答：

「我叫橘亞里沙，和你一樣是日本人哦。」

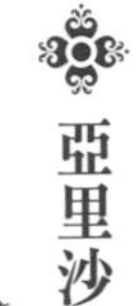

亞里沙

「我是佐藤。由於公司的辦公室座落在次文化的聖地，所以最近的餐廳就是女僕咖啡廳了。每天去光顧的結果，對於被稱呼為『主人』並沒有什麼抗拒心理。」

「正確來說，是未失去『橘亞里沙』時的記憶，轉生為庫沃克王國的前日本人。你也是轉生的吧？不，從那頭黑髮來看，是被召喚而來的勇者吧？佐藤先生？」

ＡＲ顯示的資訊裡，並未指出她以前是日本人或有過橘亞里沙這個日本名。

而我的狀態也一樣，未記載什麼日本人或鈴木一郎之類的。

「怎麼不說話了？你可是我遇見的第二個日本人。」

聽了這句話，我的目光不禁望向睡在另一張床的露露。

「露露不一樣哦。雖然未見過面，但據說那孩子的曾祖父是日本人。隔代遺傳還真是殘酷呢。要是生在日本，早就可以成為偶像明星了。」

「這話怎麼說？露露雖然自暴自棄，很看不起自己，可是她在希嘉王國應該也很吃香吧？」

「佐藤先生果然這麼認為呢。尼多廉不是也說了嗎？對這邊的人而言，那孩子並不算什麼美女哦。」

「是妳用精神魔法——」

「才不是。」

本來想詢問對方，是否為了保護露露的貞操而用精神魔法讓她以為自己很醜，但卻立刻被否定了。

「以這邊的審美觀來說，那種平坦毫無起伏的臉蛋、單薄的嘴唇、不潔白的皮膚，還有小小的臀部，感覺不討人喜愛的要素都巧妙地集中在一起了。雖然也就這樣因禍得福，找不到什麼奴隸買家。」

奇怪？既然日本人的長相遭到厭惡，我豈不是也會被當成醜男了？

彷彿我的臉上寫著這樣的疑問，亞里沙繼續補充道：

「儘管和一般所謂的美型相去甚遠，但佐藤先生的面孔只是被當成了外國人哦。露露卻奇蹟似地像是齒輪般慢慢偏差，與其說醜陋，更像是人們眼中所厭惡的對象。」

雖然說美女的標準常因時代和地點的不同而異，不過還真是倒楣——不，考慮到對方的境遇，應該算是幸運吧。

雖然不是很能接受，總之當作露露被當地人視為非美女就行了吧。

露露的事情似乎到此為止，亞里沙主動改變了話題：

「那麼，佐藤先生你是轉生者還是轉移者呢？」

「別叫我佐藤先生。」

「是～主人。」

要叫我佐藤是無妨，不過一直這麼叫的話好像會讓我遺忘掉鈴木這個本名。雖然都沒什麼差別啦。

「言歸正傳，主人究竟是哪一種呢？」

「這要怎麼區別？」

我反過來詢問亞里沙的問題。雖然被問到自己是「轉生者」或「轉移者」，但由於都是相當陌生的詞彙，所以不太能了解它們的區別為何。

「轉生者是在原來的世界因事故或壽命盡了而死去，然後轉生到這個世界的人。轉移者則是被召喚魔法強行綁架到這個世界的人。像勇者就是轉移者。」

綁架……

這句話儘管充滿了偏見，不過我到底是屬於哪一種呢？

「轉生者一定會從嬰兒時代開始嗎？」

「依故事不同，也有轉生為成人外表的例子，不過這個世界只有從嬰兒開始哦。」

說得非常篤定呢。我這麼心想，再次向對方確認後——

「因為轉生的時候，神是這樣告訴我的。」

——居然得到這樣的回答。

她見到了神？

在日本要是有人講這種話，我一定會悄悄離開現場裝作不認識，或者懷疑對方是否發瘋了。

「轉移者是以原本的模樣被召喚的嗎？例如服裝、攜帶物品或是容貌。」

「被召喚的人好像會穿著當時的衣服哦。當然，容貌也維持原樣。」

服裝沒有改變，但我變年輕了又是怎麼回事？

「這是傳聞嗎？」

「是從沙珈帝國的勇者那裡聽來的，我想應該不會錯。因為能從異世界召喚勇者的國家就只有沙珈帝國而已。」

既然如此，只要到了沙珈帝國就能知道回去的方法？

看來希嘉王國的觀光之旅結束後，下個目的地就選擇沙珈帝國好了。

剛才亞里沙提到的第二個日本人，應該就是這名勇者吧。

那麼，現在最重要的是如何向亞里沙解釋我的事情——該老實說還是保密呢？

雖然這傢伙會用精神魔法操控他人並加以推倒，但從很多方面來說無疑是個關鍵人物。

「原來如此，不過我哪一種都不是呢。只不過在職場小睡一下，醒過來後就發現自己站在荒野裡了。」

「你沒見到神嗎？」

「沒有呢。」

亞里沙抱著雙手低聲哼著。差不多該讓她穿上衣服了。

「既然這樣，來到這個世界時，你是出現在召喚陣當中？」

「不，是獨自一人在荒野裡。」

「那麼一開始就擁有高等級？或是無限的魔力？一大堆技能？」

「最初是等級一，魔力也只有十點。沒有任何技能。」

……唔，好像還有流星雨之類的拋棄式圖標。

「這算什麼？遊戲再刁難也該有個限度吧？」

哎呀，怎麼換成我被別人同情盤問了。

「先別管我，妳還是把自己持有的技能依序說出來吧。包括天賦或特殊能力也一樣。先聲明，這可是『命令』。」

「用不著命令我也會回答哦。」

「首先是精神魔法，技能等級為五。很了不起吧？我可是把出生之後累積的技能點數全部灌進去了。」

——全部？

亞里沙的等級為十一。倘若和我一樣，應該會有一百一十的技能點數才對。只是精神魔法的話，耗費十點就能提昇至最大值了吧？

「亞里沙，問妳一個問題。」

「是——儘管問吧。我的胸圍是——」

我用枕頭塞住想要提供多餘資訊的亞里沙嘴巴，繼續說出我的問題：

「妳每次昇級時會獲得多少技能點數？還有，提昇精神魔法的技能等級時又需要多少點數？」

「嗯，討厭，真是粗暴呢。技能點數嗎？每次昇級大概是２ｄ６左右。啊，所謂２ｄ６就是兩顆六面體的骰子所擲出的數值。數值從二到十二不等，平均是七點哦。提昇精神魔法技能的所需點數則根據技能等級而有所不同。具體來說——」

我將亞里沙敘述的資訊逐一記錄在交流欄的記事本裡。

——怎麼回事？

我和亞里沙在昇級時獲得的技能點數，以及提昇技能等級所需要的技能點數方面未免相差太大了。

是我比較特別，還是其中存在什麼法則？

「怎麼了嗎？」

「唔，想點事情而已。」

聽見對方這麼關心詢問，我含糊其詞地敷衍過去。

倘若亞里沙所言屬實，我學習技能的效率就是普通人的好幾倍——而且很有可能高達數十倍之多。

就某層面來說，這種特質已經可以媲美「流星雨」或「探索全地圖」之類的魔法了。

還是等我能夠判斷亞里沙足以信賴之後，再將這件事情告訴她吧。在這之前就先保密好了。

「亞里沙，妳學習新技能時是怎麼做的？」

「就是從技能欄裡選擇然後學習啊。」

就連這點也是一樣——不，等等。我好像誤會什麼了。

「那個技能欄會追加新技能的時機是？」

「就是技能點數增加的時候。當滿足了必要條件——像技能點數或低階技能——之後，就會列在技能欄上了。因為當點數累積到所需的一半時就會追加，所以判斷要繼續累積點數或者用掉都很方便哦。」

嗯，這方面也不一樣。

我自己是展開行動後便可獲得對應該行動的技能。撇開取得過程太容易這點不提，獸娘們在獲得技能時也和我十分類似。

我隱瞞自己的狀況，向亞里沙表示獸娘們的技能取得條件與她所說的條件不同。但亞里沙卻回答，因為我們轉生者或轉移者比較特殊的緣故。

雖然有些離題了，我還是繼續傾聽亞里沙的技能說明。

「『自我確認』就如字面上那樣，是用來確認自我狀態的技能哦。比用大和石查看更加詳細。最重要的是，還能自行決定等級提昇時，力量或智慧這些能力值以及技能點數的分配情況。」

剛才提到可以從技能欄裡任意選擇技能，似乎就是這個「自我確認」技能的效果了。

話說回來，連能力值都可以任意分配嗎？我的主選單可沒有這種功能。

看樣子我的主選單就類似這個技能的亞種吧。

「『技能隱蔽』則是用來隱藏自己所持有的技能。一旦使用後，在未解除之前施展『鑑定』或以大和石調查都會跑出『無技能』。」

我的主選單倒是會出現「技能不明」。這麼說，它就是一種有別於「鑑定」的系統能力了吧？

「『能力鑑定』是可以看見他人狀態的技能。其實『鑑定』比較好，不過誰叫我的轉生獎勵點數不夠呢。」

我試著讓對方唸出我的狀態為何，但就跟大和石一樣，同樣為交流欄裡所設定的內容。

據亞里沙所言，「鑑定」技能是包含了「能力鑑定」等「鑑定」系技能的總括技能，所以用來確認狀態時只能發揮和「能力鑑定」相同的效果。

順帶一提，亞里沙的「技能隱蔽」是神所賦予的，似乎任何的「鑑定」系技能都無法看穿。

難怪我的AR顯示會出現「不明」二字了。

否則在通常在學會「技能隱蔽」之際，好像會被技能等級更高一級的「能力鑑定」所看穿。

以隱蔽性能來說，主選單交流欄的設定比起亞里沙的「技能隱蔽」要更加靈活，就好比向上相容的版本。

「『寶物庫』正如其名，是在遊戲中常有的道具收納庫。不同於勇者他們本身就持有無限收納，雖然收納數量有限，但體積不會變大或變重，非常方便哦～」

經我詢問收納數量的多寡之後，似乎可以持有一百種道具，同種類道具還可持有一百個。簡直就是遊戲中的標準規格。

另一方面，像水這種形狀不固定的物品，大約一公升會算一個。

亞里沙自豪地表示，她的祕技是將瑣碎的小東西放進大袋子裡保存，就可以和水一樣用體積來計算個數了。

至於我的儲倉，真要說的話大概是接近無限收納的功能吧。

不知道是只有名稱上的差異或性能本身也跟著不同，但即使有些差別還是一樣方便。

「話說得太多，有點口渴了。」

見亞里沙按住喉嚨清清嗓子，我站起來想要拿水給她，但卻被制止了。

亞里沙提議實際表演一下「寶物庫」，於是我便允許她使用。

「道具箱．開啟。」

亞里沙喃喃地詠唱，裝模作樣地將手揮向一旁後，她的前方隨即開啟一個平面的黑洞。

那就是道具箱嗎？

我的儲倉在物品進出的時候，並不會出現任何特效或是像那種平面黑洞。

亞里沙將手伸入那個黑洞，從中取出了水瓶，嘴巴就這樣直接靠在水瓶上潤喉。其側臉看起來相當得意。

自嘴角灑出的水滑過裸胸。那嫵媚的喝水動作還真不符她的年齡。

這傢伙的靈魂究竟幾歲了？

由於姿勢太難看，我建議：「至少用杯子喝吧。」但她卻回答，由於取出或整頓物品都需要耗費魔力，所以一直都將物品進出控制在最低程度。

進出還需要魔力嗎？這點也和儲倉有所不同。

見到亞里沙準備將喝完的水瓶放回去，我便請她讓我試試看。該怎麼說？就好像把東西放進在一個隱約可見物品的黑色箱子裡。

>獲得技能「寶物庫」。

像這種儲倉的向下相容技能我可不要……

比起這個，我更想知道剩下的「不屈不撓」和「力量全開」當中，究竟是哪一個導致精神魔法跨越三百級的差距而影響到我。

「哼哼哼，怎麼樣？很划算吧？擁有這麼多技能的奴隸可是很難找到的哦！」

「其他沒有了嗎？」

「唔……」

稍稍閉嘴後，亞里沙冒出一句：「討厭，真是貪心呢。」裝模作樣地學外國人那樣做出舉手投降的姿勢。

因為看起來讓人有些火大，所以我將手刀砸在她頭上。

當然，為了不讓她受傷，我已經充分減輕了力道。

「反對暴力！我啊，還有其他兩個固有技能哦！」

見對方擺出一副「我很厲害吧」的架勢，我於是粗暴地撫摸她的頭。儘管嘴裡嚷著：「頭髮會亂掉的～」但她卻看似有些開心。

話說回來，不是特殊能力而是固有技能嗎？

彷彿在打斷我的疑問，亞里沙開始說明：

「露露也不曉得這個能力哦。第一個叫力量全開。就是消耗所有的魔力和精力，將一擊的威力提昇至好幾倍！很棒吧？簡直是專為女主角設計的技能呢～」

我反倒覺得像用完即丟的大砲。

「另一個就是不屈不撓了。無論面對什麼樣的強敵都絕對不會放棄的力量！具體來說，就是不管對方的防禦力再高或等級相差再多，魔法和攻擊至少會有一〇%的機率可以生效！厲害吧？」

的確很厲害。她想必就是利用這個技能突破我的魔法抗性了。紀錄當中有一大堆「抵抗了～魔法」的訊息，所以應該不會有錯。

「不過只能使用三次。使用後每個月會逐步恢復一次的額度。因為魔法遲遲無法對主人生效，於是我一氣之下把三次都用掉了。」

真是棘手的技能。該說幸好她不是我的敵人嗎？

往後我才知道，即使在這個技能生效的期間，對於持有完全抗性的對手來說根本毫無意義。例如對火焰無效的火龍施展「火焰放射」似乎是徒勞無功。

「對了，主人有幾個固有技能呢？」

「妳想問的不是『什麼技能』而是數量嗎？」

「是啊。況且固有技能畢竟是我們的底牌，絕對不可告訴別人哦？」

還以為她想要刺探情報，沒想到卻反過來叮嚀我不要說出去。

不過問題不在於數量，是我根本就沒有「固有技能」這種東西。

這個主選單顯示和一開始的流星雨或許可算是「固有技能」，不過該怎麼確認呢？

我調查主選單的標籤，發現設定標籤裡寫有不明顯的「特殊能力」字樣。

試著選擇後，出現了四個名稱。

「——四個。」

「哦～很了不起呢。據神所言，固有技能愈多，靈魂的能力也就愈強哦。」

能力嗎？像我這種小市民的靈魂還會有什麼能力。

順帶一提，這四種特殊能力分別顯示為「主選單」、「部隊製作」、「部隊配置」及「不滅」。

這個主選單顯示竟然是特殊能力？由於和亞里沙的固有技能在架構上似乎相同，再加上很容易混淆，所以往後就統一當作固有技能好了。

固有技能當中沒有儲倉、雷達或地圖之類的名稱，就代表這些都是主選單的部分功能吧。

來到這個世界之初還認為這是很雞肋的能力，但在迷宮裡見識了主選單的實用性後，我便不再有這類的感想了。

至於以「部隊～」開頭的兩種能力很像是戰略模擬遊戲裡的名稱，不過它們都呈反灰狀態無法選擇。「不滅」也是一樣，以遊戲的角度思考，或許要滿足某種條件後才會解鎖吧。

所謂的不滅，感覺上就類似遊戲中那樣死掉後在教會裡復活的能力。這麼一來，解鎖條件該不會要我死一次吧？我可一點也沒有嘗試的意願。若條件真是如此，要解鎖大概是很久以後的事情了。

好吧，將腦力用在遲遲研究不出答案的事情上也太浪費，我於是將它拋在一邊。

「我有幾件事想跟妳確認一下。」

「請說～」

「未經詠唱就可以使用精神魔法，那到底是怎麼辦到？」

她在旅館前曾經施展過，但卻完全沒有詠唱的動作。

「這個嘛～算是『自我確認』的隱藏功能。只要是曾經學過的魔法，在腦中唸出咒語最後的發動語句就可以使用了。」

我滿心期待的詢問，但學習魔法似乎需要先詠唱過一次才行。

果然密技就是只有使用魔法卷軸了嗎？

反正我有的是資金，乾脆請潔娜介紹幾家魔法店讓我去收購卷軸吧。

「莫非你不會用魔法？」

「在咒語詠唱階段就踢到鐵板了……」

嗯，我並沒有說謊。

雖然會使用三種魔法，但那些都是作弊。

「就是說啊～我一開始聽到別人的詠唱也是差點就放棄了。到頭來整整花了一年時間哦。」

「也對，我開始挑戰才只有兩天，實際上大約兩個小時而已。」

「這算什麼？也太短了吧。要是這樣就能學會，魔法師的數量就會更多哦。」

這句話說得太有道理，我根本無從反駁。

乘我陷入沉默之際，亞里沙喊著好冷一邊向我抱來。我輕輕將她拉開，然後把掉落床邊的衣服和棉被塞給她。

「接下來，說說妳道具箱裡有什麼。萬一睡覺的時候，妳拿出刀子或毒藥殺害我就不妙了。」

儘管至今看起來對我都沒有什麼惡意的樣子，但既然會說出對我一見鍾情的這種荒唐理由，暫時還是不要掉以輕心比較好。

「這個嘛～有五本『精神魔法』的魔法書。」

亞里沙將皮革封面裝訂的沉重書籍逐一堆在床上。古書上微微散發著年代久遠的氣味。

「市場行情」技能透露的魔法書價格，遠比亞里沙和露露兩人的賣價還要高。

「只要賣掉這些書，妳不就可以贖回自己了嗎？」

「因為這算是奴隸的私人物品，要是被沒收就完蛋了。更何況，像我這種紫色頭髮的人，要是拿出人人忌諱的精神魔法書籍，還不知道會被怎麼對待……」

的確，精神魔法在字面上總會讓人聯想到洗腦或鼓吹等糟糕的東西。

「不要學那種會被迫害的魔法，改學其他的不就好了嗎？」

「我只拿到這個而已哦。因為很想施展魔法，所以都是自學的。」

嗯，我很能體會想使用魔法的心境。

話說回來——

「紫色頭髮會很不吉利嗎？」

「紫色的頭髮或眼睛都會被視為不祥。儘管很少人知道是什麼原因，但要是發生什麼不好的事情，通常都是會被怪罪的對象。」

說到這個，奴隸商人尼多廉好像也提過同樣的事情呢。

「哦～可是感覺好像老婆婆在時髦染髮那樣。」

「你……你居然跟那種東西混為一談……」

亞里沙全身乏力，雙手沮喪地撐在床上，美麗的頭髮隨之散開。明明這麼漂亮，莫名其妙就被人厭惡未免太可惜了。

哦，愈扯愈遠了，還是回歸正題吧。

「道具箱裡就這些東西嗎？」

「還有剛才的水瓶跟幾件衣服，要全部拿出來嗎？」

「嗯嗯，拿出來吧。剛才的水瓶就不用了。」

看到亞里沙逐一拿出的衣服，我開始頭疼了。浴衣、水手服、未完成的女僕裝……據她說都是自己縫製的。亞里沙沒有裁縫技能，這似乎是她轉生前的特技。

將魔法書的書名抄錄下來後，我讓她全部放回道具箱裡。

「你不沒收嗎？」

「只有魔法書下次會再跟妳借來看。我完全沒有沒收的念頭。」

面對詫異地傾著腦袋的亞里沙，我這麼清楚地告訴她。

要是持有小女孩尺碼的水手服或女僕裝，我會被當成變態。

「對了，順便把這個放進道具箱吧。」

說著，我將棉被底下從儲倉取出的小袋子交給亞里沙。

「好重！可以看看裡面嗎？」

「嗯嗯，無所謂。總共是十枚金幣。遇到緊急情況時就直接用掉吧。」

不光是希嘉王國的貨幣，裡面還夾雜了沙珈帝國的貨幣。

這個波瀾萬丈的世界，光是在都市裡約會就會被捲入暴動和迷宮的誕生了。考慮到萬一出事情，還是先讓她身上多帶一些錢比較好。

「居然給奴隸金幣……難道主人非常有錢？」

「運氣好賺到的罷了。」

亞里沙的目光被燦爛的金銀所吸引了。

儘管認為錢不多，但之後聽對方解說才知道，市民的平均月收入似乎還不到一枚金幣。由於物價不同所以無法一概而論，但就我自己的感覺而言，一枚金幣差不多等於五萬日圓到十萬日圓之間吧……真虧大家還活得下去。

「我想妳應該明白，非到緊急時絕不能花掉哦？」

「當然！」

雖然發現亞里沙用含糊的回答蒙混過關，但沒有其他可以安全保管金錢的人選，於是我便選擇無視了。

由於具備了裁縫技能，之後再把金幣縫進護身符裡，發給其他孩子們帶著好了。

「亞里沙，最後再問妳一個問題。」

「ＯＫ～放馬過來吧～」

亞里沙用棒球選手般的口吻輕鬆回答。

「可以問妳為什麼會淪落為奴隸嗎？這並不是命令。不想說的話就保持緘默也沒關係。」

稍微猶豫後，亞里沙開始娓娓道來。

「我想利用轉生前的知識改善故鄉，結果失敗了。」

「別看我這樣，以前曾經是個公主哦。」亞里沙詼諧地這麼說道。

「一開始都很順利，但後來出現很不自然的失敗。國家動盪、發生內亂，最後就被鄰國占領了。」

「妳做了什麼？」

「就是很尋常的農地改革啊。像腐葉土、肥料還有四年輪耕法，都是內政作弊的基本哦。」

內政作弊這個字眼很陌生。腦子裡暫且轉換為內政改革吧。

「就算失敗，國家也不至於會動盪吧？」

「所以我才說『很不自然』嘛。例如收集腐葉土的山乾枯，發酵中的肥料裡大量出現蟲系魔物。苜蓿和蕪菁不僅沒有讓地力恢復，土地反而愈來愈貧瘠。」

的確是很離奇的現象。但既然會用「很不自然」來形容，就代表……

「有人在從中作梗嗎？」

「是啊，不過等我知道後已經太晚了。當時還以為是異世界和地球不同的緣故，所以整個人變得很沮喪。還被人叫作『亡國的魔女』或是『發瘋公主』。」

原來那個稱號是這麼來的。

抱歉，亞里沙。我還以為是妳用精神魔法操控國王，建造了美少年後宮的緣故。

「話說回來，既然目的是占領國家，那麼無法從被占領國獲取利益豈不是就毫無意義了嗎？破壞國土的行為根本就本末倒置。」

「貧窮國家的國土對他們來說根本就無關緊要。他們只是想獲得位於城裡地下的『枯竭迷宮』罷了。」

亞里沙很不甘心地咬著折彎的手指。

「占領國家之後，為了化解國民的不滿，他們竟然將國王、皇太子及王妃們公開處決。」

看似悔恨的表情浮現淚水。

「然後，集合剩下的王子和公主這麼宣布：『是你們的愚昧毀滅了這個國家，所以你們根本沒有資格當王族。』——在他們的命令之下，宮廷魔法師於是對包括我在內的王子和公主施展了強制天賦。就是『直到死亡都是奴隸之身』。我當時一直以為是自己害得國家滅亡，所以便心甘情願地接受強制天賦，成為了奴隸。」

我在棉被底下從儲倉取出手帕幫她擦拭淚水。

「他們為何要把你們變成奴隸？」

「一切都是為了讓剛才提到的『枯竭迷宮』復活的儀式。因為奴隸不會反抗或是逃跑。和契約不同，國內只有一個人能夠解除強制……」

將手帕連同我的手一併緊緊握住，亞里沙繼續道：

「每個月的滿月之夜，都會有一個人在迷宮深處被當作詭異儀式的活祭品。」

緊握的手逐漸放鬆力道。

「一年後，迷宮似乎復活了。活祭儀式結束，只剩下擁有不祥髮色的我和父親的庶女露露還活著。我們便從幽禁的塔內被轉移到附近的行宮。雖然不清楚為什麼沒有當場處理掉我們。我想大概是迷宮再度枯竭時的備用祭品吧。」

露露是國王的庶女，那麼血統上也算是王族了。

由於人種不同，我還以為亞里沙和露露是沒有血緣關係的一對姊妹。看來兩人是血肉相連的親人沒錯了。

「接著，下個滿月之夜發生了悲劇。魔族突然出現，逐一破壞了城內和市中心。我所在的行宮也被燒毀，於是就和露露兩人逃進山裡了。」

被命令禁止外出的亞里沙，據說由於城堡毀壞時登記作主人的奸臣喪命，所以才得以逃離行宮。

「當時原本以為會就這樣被燒死，多虧我發現露露的稱號突然變成了『沒有主人』，所以才能在千鈞一髮之際逃出。要是我單獨一人的話，早就已經死了。」

彷彿纏繞一般，亞里沙抱著我的手坐在大腿上。發現她的手在微微顫抖，於是我任由她繼續抱著。

「我們就這樣徘徊在山裡，眼看快死掉的時候被奴隸商人尼多廉收留。因為沒有主人的奴隸是無法進城的。為了不讓變態貴族買走，我辛辛苦苦地鑽營巴結，壓力大到簡直要胃穿孔了。」

她將小腦袋靠在我的手臂上，使我無法看見她的表情。

「用精神魔法操控尼多廉，讓他把妳們當作女兒對待不就好了嗎？」

「就是說啊。因為一心只顧著巴結對方，等想到這個主意時，我已經成為尼多廉的奴隸了。」

「之後也可以用魔法操控吧。」

「這麼做是違反契約，脖子會被勒住，一個弄不好就死翹翹了。」

嗯？等一下。

我將亞里沙整個人轉向這邊。

「妳剛才不是濫用魔法將我推倒嗎？為什麼不算違反契約？」

那張抬頭望著我的臉蛋露出苦笑。

「那是我以奴隸的身分在服務嘛。契約的時候不是發過誓了嗎？」

——無論晝夜都將不停服務，竭盡所能地服侍主人。

「所以才不惜使用魔法也要全力服務主人啊！」

見她手掌一開一合，口中還一邊喊著：「所以請擁抱我～貪圖我青澀的肉體吧。」並往這裡撲來，我用手刀將其擊落。

「話說回來，那個魔族的目的究竟是什麼？」

「不知道。既然是魔族，大概是為了培育魔王而前來物色迷宮的吧？」

又不是那種會托卵的杜鵑鳥。

「迷宮是用來培育魔王的？」

「只是有些學者這麼主張罷了，眾神既不肯定也不否定哦。只不過，至今出現過的魔王幾乎都是在迷宮附近現身。」

既然如此，吾輩君之所以製作迷宮，就是為了讓魔王出現在這個聖留市吧？

說到這個，門前旅館的老闆娘好像也透露過類似的事情。

「對了，我也能問個問題嗎？」

「什麼事？」

「進旅館之前，你說過要是沒有莉薩她們『就無法從迷宮活著回來了』對吧？」

我點頭同意亞里沙的發言。

「你去過迷宮都市賽利維拉嗎？」

「不，沒有。」

記得好像是個不太歧視亞人的都市。

不知道是整個街道都成了迷宮，抑或是都市近郊存在著迷宮的入口，總之很想去一次看看。

「那麼，是其他國家的迷宮嗎？」

「不是的，是這座聖留市的迷宮。」

亞里沙先是傻眼地嘀咕一句：「不會吧！」——

「尼多廉牽扯進去的騷動，原來就是迷宮嗎？」

——然後整個人猛然撲到我身邊。妳的臉太靠近了。

我推開亞里沙，將暴動和魔族製作了迷宮一事概括說了出來。

至於我戴著銀色面具消滅上級魔族的事情就省略不提了。

「這麼說，魔族建造了新的迷宮？」

我向錯愕的亞里沙點點頭。

她是為了這件事情而吃驚嗎?

「因為這個大陸現有的迷宮就只有六座。其中最晚建造的迷宮已經是一百年以上的事情了。書上寫說,迷宮會誕生在魔王的屍體之上。」

「因為是下級魔族建造的,我還以為迷宮是什麼隨處可見的東西。」

「才不是那種廉價品呢。倘若未使用傳說級的祕寶,應該就無法創造迷宮才對。究竟是出於什麼目的……」

「例如大量生產魔物來對付勇者?」

無視於我隨口說出的答案,亞里沙一臉正經地陷入沉思。

雙手搭在我的肩膀上倒是無妨,不過別用你的腿緊緊固定住我的腰部好嗎?

「真要這樣的話,有賽利維拉這些舊迷宮就很夠了。愈舊的迷宮規模就會愈大,所以根本沒有必要特地製作新的迷宮。」

「既然如此,就是純粹為了欺敵,或者為往後而布局嗎?」

例如用來吸引勇者的注意力,就類似植樹造林的感覺。

「或許有這個可能吧。」

面對一臉無法釋懷的亞里沙,我伸手摸摸她的頭。

關於魔族在想些什麼,由於情報太少而完全無從得知。起碼在伯爵領或迷宮內都不存在魔族，也沒發現像眼球魔族那樣擬態成寶箱怪的情況。

雖然很有可能跟吾輩君一樣被召喚而來，不過光是操心也無濟於事。

要是連這種狀況也在杞人憂天，大概會猛掉頭髮吧。

「我能不能進入聖留市的迷宮呢？」

亞里沙一臉認真地抬頭望來這麼問道——這倒沒關係，不過為什麼要把那平坦的胸部貼過來？

「大概不行吧？從當局裡認識的人那裡聽來的消息，似乎要暫時封鎖的樣子。」

「這樣啊……」

當局裡認識的人——潔娜雖然並未明言，但在城裡的時候卻有過類似的暗示。

「妳為何想進入迷宮？到那種充滿魔物的危險場所要做什麼？」

「就因為有魔物，我才想進去哦。」

「妳跟魔物有仇嗎？」

「才沒有。我是想要提昇等級。」

提昇等級……這又不是遊戲——不，就因為是現實，所以才希望提昇等級嗎？

獸娘們也是一樣，藉由等級提昇，基礎狀態也會跟著提高，加強了生存能力。在如此危險的世界裡，提昇等級無疑是很重要的事情。

不過，市民的等級卻滿低的呢。就連士兵也都只有等級五到等級七之間而已。

「既然這麼想進去，我幫妳問問認識的人好了。」

看不過去亞里沙一臉想不開的樣子，我下意識這麼說溜了嘴。

「真的嗎？」

「嗯嗯，能不能進去還是未知數，可別太期待哦。」

「嗯，謝謝你！」

見到那豁然展露的開朗笑容，我將勢利的亞里沙拉離身邊，這一次從她頭上把襯衫套在對方身上。

「不過除了打倒魔物，就沒有其他提昇等級的方法嗎？」

「當然有了。不過啊，這是最有效率的方法。」

聽到效率二字，我回想起ＭＭＯ-ＲＰＧ。

畢竟自己以前也都專挑經驗值效率高的怪物獵殺。

「相較於殺死人類或野獸，殺魔物的經驗值似乎要多了好幾倍。這只是我根據城內士兵和騎士那裡偷聽來的對話所推測，詳細的原因並不清楚。」

倘若相同，大概會出現為了獲得經驗值而屠殺奴隸和平民的貴族，以及不為食用，專為殺戮而飼養家畜的人了。

「亞里沙，妳也為了提昇等級而殺過魔物嗎？」

「辦得到的話早就這麼做了。我是透過看書昇級的。知道嗎？只要獲得新的知識就會累積經驗值哦。多虧這樣，我一直是窩在王城裡昇級。」

原來如此。畢竟這不是遊戲，所以並非只有戰鬥才能夠提昇等級嗎。

這一天，直到亞里沙睡著為止，我們兩人針對這個世界的系統談論了許多。

誤會是戀愛的調味料

「我是佐藤。古今中外的愛情喜劇大多都是藉誤會或意見不合將劇情推向高潮。但換成現實的話就會直接演變成分手，所以我對此很敬謝不敏呢。」

窗外可以聽見人潮的聲音。稍微睡過頭了嗎？

懷著彷彿要屈服於被窩暖意的念頭，我一邊回想著昨天的事情。

昨天不但學到了許多的知識，也了解亞里沙成為奴隸的過去。

在亞里沙即將睡著之際，我試著問她：「讓妳脫離奴隸身分如何？」但她卻表示在「強制」的束縛下，這是不可能辦到的。

倘若解除了奴隸身分，就等於違反了「強制」的命令，似乎會全身噴血而死。就類似詛咒的一種技能。

到公都或王都之類人多的地方，應該會有人擁有可以解除或覆蓋「強制」技能，所以解放奴隸身分的事情就到那個時候再說吧。

在得知自己被亞里沙的魔法迷魂之際，我本來打算天亮後把她帶去退貨。但對方的遭遇令人十分同情，而我也不至於那麼無情，狠心將無依無靠的同鄉女孩拋棄在異鄉。

這份心軟將來或許會讓我後悔，但到那個時候再說。

屆時就用這等級三一〇的武力和傾國般的財力解決一切。

彷彿要擊碎這般充滿傲慢的決心，房門「砰」地一聲被猛然打開。

——沒有事先敲門。

「佐藤先生你醒了嗎？你的戀人來了哦。」

瑪莎一大早就這麼有活力。

其身後，潔娜低聲解釋：「我……我們並不是戀人……」一邊急急忙忙地打算摀住瑪莎的嘴巴。

「早安。」

我撐起上半身這麼打招呼。

有些寒意——對了，我的襯衫昨天被亞里沙脫掉了。

「哦哦，好結實的身體。」

瑪莎好奇地欣賞著我的半裸模樣。至於潔娜則是站在後方用手掌蓋住整張發紅的臉，目光卻仍透過手指的縫隙直直盯向這邊。

既然是軍人，應該對男人的裸體見怪不怪了吧。

「不好意思，讓妳們見笑了。我這就換衣服。」

我用手撐著，打算走下床鋪。

「啊嗯♪」

——溫溫的感覺。

往下一看，是個半裸的小女孩。剛才伸出的手就抵在裸露的胸部上——對了，她昨天就這樣睡著了。

見到同床而眠的小女孩，潔娜的臉色由紅逐漸轉為鐵青。

「……主人……這麼激烈的話……會壞掉的……」

彷彿看準了時機一般，露露這時冒出了夢話。

將目光望向那端，只見她疑似睡覺翻身，以背對這邊的姿勢熟睡中。但短布料的衣服掀起，完全露出可愛的臀部——說到這個，她並沒有穿內褲呢。

不僅如此，床單上還留有紅色污漬……

奇怪？我可沒有襲擊她哦？

「淫……淫……淫穢！佐藤先生是大笨蛋～～～！」

潔娜哭著飛奔離開房間。

瑪莎則是微微搔頭，說著：「打擾了～請慢慢來哦～」然後把門關上。

——第一次在現實中聽到有人說「淫穢」二字。

像這樣，我懷著彷彿事不關己的感想。

「主人，可以給我乾淨的布嗎？露露好像月經來了。」

我從包包裡取出布塊交給對方。

「謝謝。話說主人不去追嗎？不快點去，對方會耍脾氣的哦？」

與其說戀人，我們比較像朋友的關係吧。

話雖如此，我也不願被朋友當作有蘿莉控之嫌，還是快追上去澄清誤會。

由於不能就這樣半裸地衝出去，我便穿上了掉落腳邊的襯衫。至於褲子一開始就穿得好好的，這點應該不用再解釋了。

透過雷達確認，潔娜正離開旅館進入中央大道。不愧是軍人，腳程真快。再繼續下去，待會就會經過這個房間前了。

——這種功能雖然方便，不過要是被跟蹤狂獲得就太可怕了。

一邊思考著這種蠢問題，我算準時間從窗戶一躍而下。

然後擋住潔娜的去路，順利著地。我抱住嚇得停下腳步的潔娜，像跳舞一般旋轉一圈以化解慣性。

＞獲得技能「舞蹈」。

「潔娜，妳誤會了。」

彷彿在拒絕我似地，潔娜用雙手試圖推開我的胸膛。力道很弱——像這種時候就更不能放開了。

要是在此放手，不願相信卻又希望信任對方——這種矛盾的少女心理就會往負面的方向定型了。

「可是，剛才不是跟那麼可愛的女孩子睡在一起嗎？」

「大概是睡得迷迷糊糊，搞錯床鋪了吧。」

即使跟小孩子共枕眠也算是安全上壘吧？

而且昨天短褲也好端端地穿在身上。真想大聲強調自己的清白。

——我不是蘿莉控！

「另一個黑頭髮女孩也是！嗚……嗚嗚……」

「妳說的那個睡相難看的姊姊，好像是月事來了哦。」

由於不是可以在大街上說出來的內容，我便貼在潔娜的耳邊輕聲告知。

潔娜的力道終於放鬆。

「可……可是，莉莉歐說，男人購買女奴隸都是為了夜間的服務！」

——可惡的莉莉歐。

對於目前正在聖留市外巡邏的莉莉歐，我在心中痛罵道。

身為潔娜的護衛士兵和看似好友的莉莉歐，她或許覺得這樣做是為了保護純潔的友人，但沒憑沒據也該有個限度。

「這個因人而異哦。那對姊妹是我買來充當女僕的。莉薩她們雖然可以擔任護衛，但就不適合派出去買東西了。」

「……可是——」

腦袋可以理解，但感情上還是無法接受嗎？

這時要是脫口而出：「如果基於那種目的，我就會改買成熟嫵媚的女人。」大概會更加激怒她，所以還是算了。

「妳今天的衣服感覺和之前不一樣呢。荷葉邊很多，清純中帶著華麗。完全襯托出潔娜妳的美麗哦。」

像這種時候，最好稱讚她一番以敷衍過去。

潔娜也害羞地回答：「怎麼會……不過是衣服而已……」表情看起來卻有些開心的樣

子。

「非常好看。不過有點單薄，妳不覺得冷嗎？」

「不，我鍛鍊過，所以不要緊。」

那可不是女孩子該說的台詞哦，潔娜。

必須抱起男生的手臂說：「這樣的話就很暖和哦？」將對方玩弄於股掌才行！

「對了，那裡的店家有販賣很棒的披肩哦。要不要一起去瞧瞧？我想一定很適合潔娜妳的。」

「真的嗎？我想去看看！」

很好，岔開話題了！

就是來到聖留市的第一天，瑪莎目光鎖定的那家服飾店。

在那之後，比較了幾十條披肩和方巾的結果，我將潔娜所挑選的粉紅色披肩送給她當作禮物。

雖然在收下之前還爭執了好一番，不過等她離開店裡時心情已經完全恢復了。

……女性購物的時間還真漫長呢。

帶著潔娜回到旅館前方，見到亞里沙就站在旅館入口的稍遠處向這邊招手。那裡應該是通往旅館中庭的馬車用出入口才對。

「歡迎回來，主人。看來誤會已經化解，真是太好了呢。」

聽到她把事情複雜化的原因說得彷彿不關己，我於是輕輕彈一下她的額頭。

「啊嗚……」

「我回來了。妳在這種地方做什麼？」

「我們肚子餓了，所以來找莉薩分一點食物。」

「大家都吃飯了嗎？」

「嗯，露露還在那邊吃東西。不過好像胃口不太好的樣子……」

也對，身體不適的時候，起司或燻肉這些東西應該不好消化吧。我將幾枚銅幣交給亞里沙，叫她幫露露買一些水果回來。

我自己先回房間一趟換衣服。

至於潔娜，則是讓她在旅館一樓的酒館裡喝摻了果汁的水等待。

回房間後，我拿深不見底的水瓶倒入立在桌子旁邊的銅製臉盆裡洗臉。由於頭髮似乎沒有睡亂，所以只用手沾了一點水梳理一下。下次來找找看這個世界的髮膠吧。

「讓妳久等了，潔娜。」

「不會，我正在和瑪莎小姐聊天，所以沒關係。」

留下一句「礙事的人先消失囉」，瑪莎便回去工作了。

彷彿兩人互換位置一般，亞里沙則是從入口處回來。我讓她去叫莉薩她們過來。

露露的臉色不佳，所以我決定讓她回房休息。然後拜託路過的小女傭悠妮送水壺到房間裡，同時給她幾枚劣幣當作小費。

和潔娜一起走到外面，亞里沙已經帶著莉薩她們出來了。

「就用這些錢去買齊大家的衣服和日常用品吧。計算和殺價的工作交給亞里沙，莉薩妳就負責保護亞里沙她們不受扒手或人口販子騷擾。」

我將裝有約十枚銀幣的小袋子交給莉薩。至於給亞里沙的小袋子裡，則是有價值兩枚銀幣的零錢。

由於把錢集中在一處保管太過危險，我便採取了在國外旅行時的謹慎做法。

亞里沙小聲地徵求使用周邊警戒用的魔法或隱蔽系技能的許可，我於是同意了。說到這個，昨晚禁止之後我一直忘記允許了。

「波奇也會保護喲！」

「小玉也是～？」

「嗯嗯，妳們兩人就守在亞里沙的左右吧。」

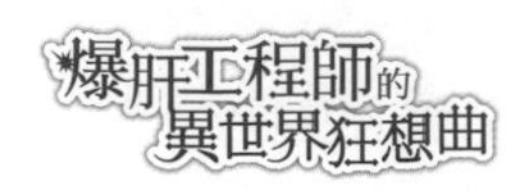

「好喲！」

「系系～」

面對幹勁十足的波奇和小玉，我摸摸她們的頭。

嗯，在城裡每天都洗澡的緣故，和初次見面時不同，頭髮都很乾爽。

「對了，要是看到會生活魔法的咒術士，就請對方用洗淨魔法幫妳們清潔一下。」

這麼告訴亞里沙她們後，我又追加了幾枚銀幣用於支付生活魔法費用。

「對了，主人，多餘的錢可以買零食吃嗎？」

「最多一枚大銅幣哦。都快吃午飯了，可別只顧著買點心。」

有活力地回答一聲：「是～」亞里沙便衝進通往鐵普塔大道的捷徑。

左右兩側帶著波奇和小玉，就像個孩子王一樣。跟在後方的莉薩則看似家長。

「感覺是很平易近人的奴隸呢？」

「以奴隸來說或許不太合適，不過這樣比較輕鬆。」

要是被周遭人們如臨大敵地服侍下去，我有十足的自信成為一個廢人，所以這樣算剛剛好。

雖然從尼多廉那裡學到許多關於奴隸的知識，不過這樣子應該還在容許範圍內。

◆

「今天工作暫時休息嗎？」

「是的，由於迷宮的調查告一段落，今天有一整天的休假時間。」

潔娜開心地笑道。話說脫離迷宮後居然只有一次半天的休息，其嚴酷的勞動環境就連血汗企業也會為之失色。

由於本人似乎不在意，我也就沒有糾正，不過真擔心她會不會過勞累倒。

「明天起就要回歸原隊了嗎？」

「不，還要把任務交接給新設立的迷宮選拔部隊。返回之前的領內巡邏隊，最快大概也要五天的時間。」

據潔娜所言，領內巡邏隊似乎有每次出發後要兩三天才能回來的長期巡邏，及只有一天的短期巡邏兩種任務。

有魔法兵的部隊基本上都會被派遣至長期巡邏路線，所以一旦回歸原隊的話應該無法經常見面了。

——說到這個，亞里沙提過她想要進入迷宮呢。

「潔娜，關於那個迷宮，目前領軍相關人士以外都無法進入嗎？」

「是的，應該至少會封鎖幾個月。莫非您認識的人還未從迷宮歸來嗎？」

「不不，不是這樣的。只是心血來潮問一下罷了。抱歉讓妳操心了。」

看樣子，亞里沙的要求是無法實現了。

由於還有獸娘們的因素在內，等聖留市這邊觀光結束後就到迷宮都市去看看吧？

雖然無法見到潔娜會覺得有些寂寞，但以後有機會再來玩就行了。

「佐藤先生，您今天有什麼安排嗎？」

或許是想著這些事情的緣故，我不假思索地就回應了潔娜的問題：

「嗯嗯，我想去一趟萬事通屋（註：何でも屋，依照委託人的請求，接受各種雜事的委託），請對方介紹出租的房子或是可以讓亞人過夜的旅館。畢竟總不能一直讓莉薩她們住在馬廄裡。」

「那……那個！我也可以一起去嗎？」

緊握雙手的潔娜，看似很不安地向上望來。

「這倒是無妨，不過難得的休假用在這種事情上好嗎？」

「是的！」

話是這麼說，不過陪我找房子應該一點也不好玩才對……但既然頂著這麼開心的笑容表示肯定，我也就不好冷淡以對了。

於是我帶著潔娜，前往相隔著門前廣場對面的萬事通屋。

「午安，請問有人在嗎？」

發現萬事通屋的一樓不見半個人影，我便大聲呼喚裡面的人。

透過雷達可以知道二樓有人，所以我先調整好所需要的音量。多虧了之前獲得的「擴音」技能，大聲呼喊喉嚨也不會痛。

二樓傳出「來了～」的沉穩聲音，緊接著是衝下樓梯的啪噠腳步聲。

一走進萬事通屋裡，前方便有個木製的櫃台。更裡面則是擺放著一套沙發和厚重的辦公桌。

沙發組的桌子上堆著各式各樣的文件，給人的感覺就像以前的偵探事務所一樣。

「讓兩位久等了，我是萬事通屋的娜迪。」

從樓梯處現身的，是一名將紅頭髮編起盤在頭後，年約二十歲的女性。白色襯衫以外還穿著一件類似吊帶裙的深綠色裙子。

「請問今天有何貴幹呢？」

「是的，我想請你們介紹出租的房子或旅館——」

我還加上了能夠和亞人奴隸一起居住，以及保全措施完備的條件。

可以的話最好座落在安靜地段，不過優先度就不如前面兩者了。

「有亞人同行的話，就是西街或工匠街靠近西街的場所了。不過西街在治安方面有些疑慮，我想並不適合在此租房子。」

娜迪小姐翻閱著看似不動產的檔案一邊調查道。

居然還有帳簿之類的資料，真是令人意外——這麼說的話大概很失禮吧。

「您的預算大約多少呢？」

「這個嘛，我想找大約兩枚銀幣的價位。不夠的話，只要不超過一枚金幣都可以接受。」

「這樣的話應該有幾處可供選擇。」

價格稍貴的門前旅館，一晚的住宿費是一枚大銅幣。乘上人數再多追加一點預算之後，我便估算出兩枚銀幣的價格。

原以為這樣就是大手筆了，但從娜迪小姐的反應看來似乎才勉強符合市場行情。

「這三間，我想應該符合您剛才的要求。只不過……」

娜迪小姐先是停頓一下，然後繼續回答。

看來這三間都是有點問題的物件。

既然都來了，我便請對方帶領我們看看實物，然後再決定是否租下。

第一間。持有者被犯罪公會的人殺害，占地約三百坪的兩層樓宅邸。石牆上爬滿藤蔓，給人的感覺就是一棟恬靜的洋樓。

透過地圖確認立體圖像後，我發現正門處看不見的位置開了一個大洞。

恐怕是殺手用來入侵的地方，事後就這樣放置不予理會了吧。

由於該處從屋外看過去被盆栽所遮擋，我便乘著娜迪小姐介紹室內之際將她誘導至大洞的位置——當然，是佯裝自己迷路了。

第二間。我們乘坐的載客馬車直接經過前方並未停下。因為那裡就位於妓院林立的道路入口不遠處。

娜迪小姐正要這麼說明時，潔娜卻用生硬的語氣吩咐馭手：「請離開這裡吧。」

那低著頭的側臉微微發紅，看起來有些可愛。

第三間則是靠近外牆處，謠傳有幽靈出沒的破爛宅邸。

據說一百年前是貴族的房子。儘管是三間房屋當中最大的洋樓，我還是不會選擇住在這裡。

雖然一部分原因是我對恐怖和血腥電影不怎麼在行，但更重要的是，這間宅邸的地下竟是犯罪公會的老巢。

潛伏於其中的，大多是犯了殺人等重罪的罪犯。

想必是為了等待風頭過去潛伏於此，所以才散布有幽靈出沒的謠言吧。

——嗯？

雷達的光點出現詭異的動作，正往宅邸的範圍之外移動中。

狐疑地確認地圖後，我發現這裡存在通往市外的地下道。恐怕是貴族居住的時代就有的東西了。很有可能被拿來走私之用。

我制止了想要走進去的潔娜：

「這裡有某種危險的氣息。還是不要了。好像會被詛咒的感覺。」

聽我這麼說，潔娜露出意外的表情。的確，這不像從骸骨魔物徘徊的迷宮脫離的人所會說出的話。

「倘若有幽靈之類的不死魔物，向神殿捐獻後可以請對方前來驅魔哦？」

娜迪小姐提出了這個很有奇幻世界風格的解決辦法，但就算真的找來神官，地下的罪犯也只會躲起來而已。

之後再偷偷寫一封密告信，投入衛兵辦事處好了。

想必「暗中行動」技能一定會派上用場的。

◆

到頭來，我們來看的房子統統未能滿足所有條件，於是參觀就這樣結束了。

「——既然是每個小月大約兩枚銀幣的預算，想必還會有其他品項才是。我下午會去商會那邊一趟，再試著找找看不錯的物件。」

既然娜迪小姐這麼篤定地承諾，我決定傍晚再過來一趟萬事通屋。

原以為是一天兩枚銀幣的價格，但房租似乎是小月——以十天為單位的金額。事先果然還是得好好確認才行。

由於到傍晚之前都很空閒，我便詢問潔娜有沒有什麼想去的地方。之前那間餐廳需要事前預約，所以今天大概沒辦法過去。

見潔娜吞吞吐吐，娜迪小姐於是提供了建議：

「這邊過去的廣場上，從昨天開始正在舉辦跳蚤市場哦。其中有許多意想不到的便宜商品，我和店長在最後一天也會去四處收購剩下的廉價品。」

聽到娜迪小姐「很適合約會哦」的建議，潔娜染紅了臉頰。

既然機會難得，我決定和潔娜一起逛逛跳蚤市場後再回去。

據娜迪小姐所言，跳蚤市場搭設的野外舞台上演的悲戀劇《穆諾候爵領的悲劇》似乎非常受歡迎。

由於跳蚤市場的人很多，我便將雷達的感應範圍縮小，同時擴大顯示自己半徑五公尺之內的動靜。這樣一來，應該就能清楚察覺有誰靠近了。

「是主人喲！」

「找到了～？」

波奇和小玉用力抱住了我的腰部。

在她們身後則是莉薩和亞里沙的身影。

「哎呀？妳們買的東西呢？」

「因為東西太重，所以就先放在旅館了。你看你看！」

亞里沙脫下附有兜帽的外套交給莉薩，整個人原地橫向旋轉了一圈。

淡桃色的裙子輕盈展開，露出腿部的曲線。但小孩子的腿部一點也不性感。

大概是在鐵普塔大道買來的新衣服吧。

波奇和小玉也敞開附兜帽的外套前方，向我展示新衣服。小玉是有可愛荷葉邊的粉紅色連衣裙，波奇則是類似瑪莎的白色襯衫和黃色裙子。莉薩挑選了看似軍服的耐穿衣物，裙子下方還穿著一件褲子。

波奇和小玉原本想學亞里沙那樣向我旋轉展示，但由於周遭的人開始變多，莉薩便制止了她們。

「大家都很可愛哦。」

隔著兜帽將手放在波奇和小玉的腦袋上，我這麼稱讚大家。

這並非社交辭令，是真的很可愛。

「對了，那個假髮是？」

「咦嘿嘿～這是用來掩飾不祥的髮色。」

沒錯，亞里沙戴著一頂金色假髮。

看樣子是為了掩蓋紫色頭髮而買。

「應該可以吧？」

「嗯嗯，當然。」

畢竟是為了防範糾紛，算是必要的經費吧。

「那個，人家還想要買一些東西哦——」

亞里沙將平坦的胸部貼近，一邊用巴結的目光向上望來。

「別貼過來。話說妳還需要什麼？」

我將亞里沙拉開，同時詢問她有什麼事情。

畢竟潔娜的目光讓我頗為刺痛，要是波奇和小玉也跟著模仿就傷腦筋了。

徵得潔娜同意後，我便前往查看亞里沙想買的東西。我們被帶到一處露天攤販，那裡攤開擺放著像花牌一般的卡片。

向年輕老闆請示後，我拿起其中一張仔細端詳。

正面繪有「水井」或「木桶」之類的圖畫，背面則是搭配圖畫內容書寫著希嘉國語的單字。

圖畫本身雖然是黑白，但由於強調了物體的特徵，所以很容易就看出畫了什麼。儘管代表「水」的卡片不太清楚在畫些什麼，但這算是少數的例外。

一套裡面有一百張卡片，每一張都繪製得相當用心。

似乎很適合用來教波奇和小玉她們識字。

「很有趣的卡片呢。」

「這是我想出來的點子哦。本來打算用來教故鄉的孩子們識字。」

據他所言，一開始是用木炭畫在多餘的廢木料上。由於認為可以賣錢，所以便委託認識的畫家製作了一整套，打算拿去推銷給商會。

然而，製作成本和銷售價格未能達成共識，所以推銷失敗了。製作成本花了四枚銀幣，但商會提出的好像只有一枚銀幣的價格。

「這每一張都是請人繪製的？」

「是的，這當然了……」

製作成版畫的話，豈不是就能降低成本了嗎？

原本打算這麼建議，但卻被亞里沙拉住手制止了。她伸出食指抵在嘴巴前。

「幹嘛？」

「你該不會想建議他用版畫吧？」

亞里沙小聲地開口，於是我也配合壓低聲音回答：

「有什麼不對勁嗎？」

「我在城裡時從來沒見過版畫。隨便傳授技術是很危險的哦？」

「這裡有印章，可是卻沒有版畫？」

「所謂的技術，似乎就是這麼回事哦。」

我隱約記得在地球的歷史中，從印章出現到活版印刷被發明，中間應該經歷了一千年以上的時間。將某個領域的技術應用到其他的領域，大概是相當耗時的一件事情吧。

儘管我非常納悶，來到這個世界的轉移者或轉生者為何從來沒有推廣過活版印刷或版畫。

既然有過失敗經驗的亞里沙這麼主張，我於是打消了提議版畫的念頭。

悄悄話到此告一段落，我重新望向年輕老闆：

「抱歉，她好像不喜歡艱深的話題。」

「我才應該說抱歉，感興趣的人實在太少……」

感興趣的人太少？明明看起來就挺暢銷的才對。

「我們想買一套，請問多少錢？」

看似憂鬱的表情稍微開朗了些，他提出一套四枚銀幣的價格——不就等於成本價了嗎？

「真的可以嗎？這樣豈不是沒賺多少錢？」

「沒關係。我只希望購買的客戶能夠了解這個商品的優點。」

他那無精打采的模樣實在令人看不下去。

這麼難得的點子，就這樣浪費也太可惜了。

「下次製作時打算怎麼改良呢？既然看起來有一定的市場，之就是價格問題了。例如尋找便宜的素材或研究廉價量產的方法，嘗試各種錯誤是很愉快的一件事哦。」

付了錢接過商品的時候，我說了多餘的一句話……給點建言應該不為過吧。

透過眼角餘光確認年輕老闆的眼眸恢復生氣後，我便離開了這家店。

一旁的亞里沙表示自己也想要一個，於是我便決定買下隔壁露天攤販的緞帶。

當然不光是亞里沙，包括待在旅館裡的露露，每個人都有分。

潔娜依依不捨地將耳環放回去。要是能像亞里沙那樣坦率要求，我也比較有購買的藉口。

見亞里沙她們牽著潔娜的手衝向下一間店，我便乘機先買下剛才的耳環。回去的時候再送給她當作禮物吧。

與買完戲票的莉薩會合後，我購買了長槍用的彩穗以慰勞她的辛苦。

無論在哪一家店，我都能用低於「市場行情」技能所告知的價格購入。不知道是因為跳蚤市場的緣故，或是「交涉」技能和「殺價」技能發揮了作用。

抵達野外舞台的路上，我們遭遇了兩次的扒竊和恐嚇。但由於雷達提前警示有人懷著敵意接近，所以都很快地解決掉了。

至於被綑綁的扒手，由於舉辦跳蚤市場的負責人雇用了長相凶惡的男人負責巡邏，就交由他們處理了。

對付這種罪犯由於可以採取強硬手段，所以還比較好辦。至於那些想搭訕潔娜的男人就很麻煩了。

即使如此，在對方將手伸向潔娜的那一刻，我或莉薩便會以物理方式將其排除。

◆

「美麗的少女啊。我願在燦爛的陽光下欣賞妳的笑容，而非月光之下。」

「啊啊，心愛的賽恩。請用你的魔法將我從這個牢籠般的城裡帶走。」

舞台上，穿著兜帽長袍的魔法使打扮男演員，正在向穿著禮服的黑髮女演員示愛。那熱情的演技讓看似廉價布景的滿月也為之失色。

……賽恩嗎？自從認識了亞里沙之後，我一看到像日本人的名字就不自覺會轉換成漢字。像賽恩的話，就是「禪」或「善」了。

我不太喜歡悲戀情節的戲劇，所以老是無法集中精神看戲，腦中淨想著這些事情。

另一方面，亞里沙和潔娜大概是很喜歡這類劇情，兩人都向前探出身子沉浸於故事當中。

由於這是改編自真實故事的悲戀劇，登場人物讓人感覺有些複雜。波奇和小玉可能因為這樣而無法跟上劇情，從剛才就把我的大腿當作枕頭呼呼大睡。

莉薩則是一臉正經地面對舞台方向。但她並非在看戲，似乎是把注意力集中在野外舞台上飄來的串燒香味。

每當燒烤雞肉油脂的香氣隨風吹來時，她隨即換上狩獵般的眼神，所以絕對不會錯。

乘著波奇和小玉打瞌睡，我捏住她們的鼻子稍稍惡作劇。這段期間，台上的故事也在進行中。

「終於追到你啦！區區一個平民魔法師，竟敢拐走我穆諾候爵的未婚妻莉堤艾娜公主！這可是犯了滔天大罪！」

似乎是扮演候爵的胖胖男演員帶領一群騎士追上了主角他們的一幕。

主角站在仿造懸崖的布景上，為保護女主角而英勇地舉起法杖。不知道為什麼，兩人身後還站著一名看似侍女打扮的女性。

——這個侍女小姐，感覺就是個超重要的旗標吧。

台詞的最後誇張地揮了一下手，隱藏於舞台前方黑布幕的道具布景便暴露在眾人眼前。

「呀啊！」

「嗯！」

潔娜和亞里沙猛然縮回探出的身體，從我的兩側緊抱住手臂。

布景上繪製的是處刑台和被斬首的人們。

儘管覺得品味很低俗，但從觀眾席傳出悲鳴和歡呼的反應來看，似乎還挺受大家青睞的。

真是對暴力表現接受度超高的都市。

「父親！母親！可惡的候爵，竟然連我年幼的弟妹們和親戚都下得了手！」

「你生什麼氣！誰叫平民要忤逆候爵。反叛者全家上下被砍頭可是天經地義的！你應該感謝我大發慈悲，沒有事先拷問他們！」

主角的眼睛流下滂沱的紅色液體——這是什麼構造？

主角的魔法颳起大風，將保護候爵的騎士吹向舞台旁。

當然，這並非真正的魔法，而是用道具布景配上音效所呈現的簡陋效果，但觀眾席卻發出了熱烈的歡呼聲。

畢竟這個世界存在真正的魔法師，真希望他們能用光或風的魔法演出。

「這些騎士對你而言太過浪費了！不過，現在已經沒有人保護你了。就讓我討回一族的血海深仇吧。」

主角舉起長杖。

這時不出所料，扮演侍女的女性開始動了。

她特地面對觀眾，取出懷刀緩緩拔出。

觀眾向主角大叫：「小心後面！」嗯，我能理解你們的心情。

潔娜沒有出聲，但整個人似乎被故事深深吸引，抓住我手臂的力道逐漸加重。實在有點痛。

不用說，主角對觀眾席的聲音毫無反應，只是一邊詠唱咒語同時緩緩走向扮演候爵的演員。

這個時候，自後方衝上來的侍女演員將短劍刺入主角的背部。

「可惡，原來妳是候爵的爪牙！」

「因為你根本就配不上公主！」

明明被短劍刺中，主角卻還中氣十足地譴責侍女演員。而在說完台詞的同時，便用誇張的痛苦動作膝蓋跪地。

直到這個時候，女主角才跑到主角的身邊。

「那把短劍上塗抹了飛龍尾巴提煉出來的劇毒。絕對沒人救得了他。」

侍女用解說般的台詞向觀眾說道。

女主角依偎在痛苦的主角身邊，只是不斷哭泣。

「我心愛的人，來生再會吧——」

「啊啊，賽恩！」

主角終於掛了。

「公主，請回到候爵大人身邊。」

「不！我的身子是屬於賽恩的，絕不會任由候爵擺佈！」

女主角這麼叫道，然後用刺進賽恩身體的短劍扎進自己的胸膛。

觀眾——特別是女性觀眾，發出了對女主角感情過於投入的驚叫。

波奇和小玉被這個聲音驚醒，不知所措地張望四周。我輕聲解釋：「是戲劇的歡呼聲哦。」讓她們放心。

兩人隨即將腦袋靠在我的大腿上摩擦。一邊搔著兩人的耳根，我同時將目光轉回舞台上。

事前就聽說這是一齣悲戀劇，不過劇情還真是無可救藥呢。

原以為這樣就結束，但舞台似乎還有後續。

被棄置在懸崖上的主角屍體竟復活為不死族，接二連三地向候爵家的人展開復仇。

在剛才殺了主角的侍女再度用淬毒短劍刺入主角胸膛的那一幕，主角口中大喊：「毒藥對我這不死族之身是沒用的！」然後為自己報了仇。由於這種死法巧妙地呼應了在前半段與主角之間的仇恨，讓我覺得頗為有趣。

但在最後的最後，眼看主角就要成功向候爵復仇時卻被突然冒出的聖騎士打倒，這實在令人無法釋懷。

和我有著同樣想法的人好像不少，觀眾席傳出了噓聲。

其中也有人面帶笑容發出噓聲，看來在這一幕痛罵候爵和聖騎士似乎是觀眾們不約而同的「默契」。

哦，還要繼續嗎？

「我將命喪於此！不過，我會帶著這片領地一起陪葬！受詛咒吧，穆諾候爵！」

主角所在的場所冒出黑煙，煙霧消失後，道具背景換成了廢墟般的圖畫。

「聖騎士啊！我實在不忍見到我的子民因我而受苦。為此，無論什麼事我都願意做！」

「哦哦，真是高貴的情操！不愧是王祖大和大人時代延續至今的名門，穆諾家的家主！」

總覺得候爵突然轉性了。聖騎士也是，簡直把他捧上天了。

最後，舞台便在「候爵犧牲自己接受候爵領的詛咒而死去」的那一幕結束了。

戲劇結束後，一直專心欣賞的亞里沙表示自己口渴，於是我在附近的樹蔭下給她果汁水，讓她休息。

「潔娜，請用。」

「謝謝。」

向我道謝後，接過素燒茶杯的潔娜一口氣傾倒杯子。

果然，潔娜似乎也很口渴的樣子。

和我一起去購買飲料的莉薩，也將裝有果汁水的杯子遞給波奇和小玉。

由於肚子有點餓，我便前往附近的攤位購買薄麵包般的食物。

醬油燒烤的香味將我吸引而來。這東西名叫加波薄麵包，似乎是加入了那個奇幻蔬菜加波瓜的麵包。價格是兩塊一枚劣幣，相當便宜。

口味分為普通和抹了薄醬油的青蔥版本兩種，於是我各叫了一個。戲劇結束後湧入的參觀群眾似乎將食物搶購一空，所以目前並沒有現成的。

至於隔壁攤販賣類似薄大阪燒的食物看起來也很好吃，所以我也叫了幾份。這是一種從未聽過，名叫庫拉普的輕食。

在等待的期間，有個也在等候庫拉普的中年女性主動找我聊天。是剛才坐在我們前座的人。

「哎呀，你是坐在後座那位吧？是外國人嗎？」

「是的，我是旅行商人，名叫佐藤。」

「哎呀，真是有禮──」

她自我介紹後，為了打發等待庫拉普烤好的時間，於是便向我解釋戲劇最後為何會變成那種鬧劇般結尾。

「剛才的戲劇，最後是不是很離譜呢？」

「您是說一聲不響地跑出聖騎士，候爵也性情大變嗎？」

「是啊，其實啊——」

據她所言，二十年前在撰寫這齣戲的劇本時，原本的結局是魔法師向候爵成功復仇後被聖騎士討伐而死。不過由於來自貴族的反對意見，所以就變更為現在這種結局了。

而且莉堤艾娜公主在原來的故事裡是個平民少女，事件的開端也都是因為好色的候爵強搶身為人妻的她。

——原來如此，因為後來被人扭曲，才導致了微妙的故事走向嗎。

麵包和庫拉普烤好，我向她道謝後便回到大家的所在處。

「買了什麼呢？」

「原味和青蔥口味的加波薄麵包，還有叫作庫拉普的輕食。」

大家很好奇地將手伸向切成薄片的加波薄麵包。

潔娜帶著苦笑的表情婉拒，於是我便和其他人一起分著吃。

——好苦！

苦味很重，每咬一口都會令人想要嘔吐的奇妙味道。

對於吃慣的本地人來說或許很美味，但我可不行。於是我開啟痛苦抗性，一口氣咀嚼後吞了下去。

接著喝果汁水去除口中異味。

感覺終於活過來之際，我環視其他人，發現獸娘們的表情微妙卻仍在正常食用，亞里沙則是一臉快哭出來的樣子咀嚼著。

「亞里沙，難受的話就吐在這裡吧。」

「謝謝，這個我不行。」

見我遞出手帕，亞里沙迅速解決掉口中的東西。

說到這個，潔娜好像告訴過我「加波瓜很難吃」的樣子。由於氣味被醬油掩蓋，所以就掉以輕心了。

另一方面，庫拉普卻是挺好吃的。

這就類似烤得較硬一些的薄大阪燒那樣，但並非用豬排醬而是以味噌調味，所以當成是兩種截然不同的料理或許比較好。

我們幾人在樹蔭底下啃著庫拉普，一邊興高采烈地閒聊。

「一連串經典的熱血橋段，真是讓人喘不過氣呢。」

「看到莉堤艾娜公主緊接在魔法師賽恩之後自殺，我都忍不住哭了。」

潔娜擦拭有些發紅的眼眶。

「咦～像那個時候就要偷偷收起短劍，找侯爵復仇才行啊！死掉的話豈不是什麼都沒了。」

亞里沙用庫拉普把臉頰塞得鼓鼓的，一邊反駁潔娜道。

「硬硬脆脆的喲！」

「好吃～？」

「這個是加了什麼高湯呢？隱約感覺得到肉的美味。」

另一方面，獸娘三人不討論戲劇，純粹集中在庫拉普的話題上。

「照我說，侯爵想要拆散相愛的兩人，所以他才是元凶吧？」

「不過，是莉堤艾娜公主最先背叛兩家人決定好的未婚夫。悲劇就是從她開始的不是嗎？」

或許是亞里沙和潔娜的價值觀有些不同，她們的語氣逐漸變得激烈。

亞里沙「愛情等於一切」和潔娜「身為貴族自然要為家裡而出嫁」的主張彼此間相互碰撞。

「既然如此！比起我們主人，難道潔娜比較喜歡家裡幫妳決定的未婚夫嗎？」

「……我……我又沒有什麼未婚夫。」

面對亞里沙的質問，潔娜怯懦道。

畢竟我和潔娜並不是男女朋友關係，倘若不再經歷個四五年的時間也不會成為戀愛對象。

「你該不會是為了逃避未婚夫的問題而從軍吧？畢竟這一帶的國家，只要進入軍隊的話五年內都無法退伍。」

亞里沙這傢伙懂得還滿多的。

「退伍和未婚夫有什麼關係？軍人也可以結婚吧？」

「這裡的女人，一旦結婚後就必須待在家裡了。」

原來如此，所以進入軍隊的五年之內無法結婚。到接近退伍之前，都不會有這類話題找上自己嗎。

倘若是高等貴族就另當別論。不過潔娜應該是低等貴族，大概不會這麼快就必須討論終身大事。

「既然身為女人，倘若沒有覺悟為喜歡的人捨棄一切，根本就無法談戀愛了！」

「可是，也不能無視於家主的意向……」

「像妳這種乖寶寶，小心最愛的人會被搶走哦！」

亞里沙感覺有些失控，我於是輕敲一下亞里沙的腦袋終止雙方的舌戰。

「說得太過火了。」

我很清楚亞里沙的意思，但在不同文化的國家裡強加日本的價值觀很不好。

我向眼角浮現淚水的潔娜道歉，同時也讓亞里沙低頭賠罪。

儘管一開始不太服氣，但她還是說了「對不起」向潔娜道歉。想不到這個傢伙挺坦率的。

>獲得技能「調停」。

>獲得稱號「調停者」。

或許是以為我們在吵架，波奇和小玉看似變得很不安。

「要不要再來一塊庫拉普？還是要吃那個肉串？」

「肉串～？」

「庫拉普好吃，不過還是肉串比較好喲。」

「我去買幾串回來吧——主人？」

我為了改善氣氛而這麼提議，獸娘們的反應卻很迅速。

特別是莉薩，不知不覺中已經站起來準備走向肉串的攤位。

——動作太俐落了吧。

我將零錢交給莉薩並吩咐：「有幾個人就買幾份。」亞里沙自告奮勇表示：「殺價就包在我身上！」然後跟著莉薩走掉了。

「一起去～？」

「我要幫忙喲！」

波奇和小玉也追上去跑掉了。

歷經一番苦戰後吃完稍硬的帶筋肉串，潔娜的表情這時也已經放鬆，但似乎仍對亞里沙的發言有些在意。

門前的襲擊者

「我是佐藤。說到螞蟻就是勞動者的代名詞，不過其中也有像白蟻那樣一旦工作就會有人很傷腦筋。在異世界裡，似乎還存在更危險的螞蟻……」

來到可以看見門前旅館的場所，我們遇到了剛巡邏回來的領軍士兵們。

「啊，潔娜！」

「莉莉歐！還有伊歐娜和魯鄔！」

潔娜的三名護衛士兵在門前的廣場點完名後便往這裡走來。

或許是又和飛龍戰鬥了，重裝甲的伊歐娜小姐她們鎧甲上滿是傷痕。被稱為魯鄔的高大女性也缺了一邊的護肩。

跑上前的潔娜急忙用風魔法開始詠唱治癒咒語。

「主人，我們先去放行李。」

「嗯嗯，拜託妳了。」

亞里沙和獸娘們在旅館前散開，分別返回房間和馬廄。

代替因詠唱咒語而無法說話的潔娜，我和莉莉歐她們交談：

「看起來很辛苦呢。莫非遇到了飛龍嗎？」

「要是動不動就跑出飛龍，我早就不幹軍人了。」

莉莉歐嘆一口氣搖搖頭。像這種動作就跟日本沒有兩樣。

「今天我們和名叫『大牙蟻』的螞蟻魔物打了一場遭遇戰。」

「真是的，那些鼠輩！下次被我看見要把牠們做成串燒！」

伊歐娜小姐替莉莉歐補充說明，大塊頭魯鄔卻又把話題搞複雜。

到底是螞蟻還是老鼠，請說清楚一點好嗎？

「在遇見大牙蟻的群體前，我們發現了入侵領內的鼠人族騎兵。所以魯鄔很生氣，認定是鼠人牠們將大牙蟻的群體引過來。」

見我一臉困惑，伊歐娜小姐於是補充說明道。

原來如此，是鼠人把大牙蟻引過來的嗎。

要是這麼拖下去，聖留伯爵領和鼠人族之間很有可能會發生戰爭。

不過，對一個外人透露這種事情沒關係嗎？不知是否因為這一帶的紀律較寬鬆，情報管制對希嘉王國而言大概不是重點所在吧。

「隊伍前方的那個傢伙戴著醒目的紅頭盔，下次看到一定要把牠送上處刑台。」

彷彿在勸誡莉莉歐不要動火，潔娜發動了治癒的風魔法。

「謝謝妳，潔娜。」

「不客氣。」

向紛紛道謝的莉莉歐等人回了一個微笑後，潔娜繼續前往治療其他受傷的人。

「呀啊————！」

旅館中庭傳來年幼女孩的尖叫聲。

——糟糕，雷達的範圍還未恢復。

這個聲音是悠妮。大概是碰到蛇出沒，但我仍有些在意地跑向那裡。不知為何，莉莉歐她們也跟來了。

「獵物～」

「主人！要誇獎喲！」

小玉高舉至頭上的雙手扛著某樣東西往這裡跑來。至於跑在小玉身邊的波奇則是一手拿著纖細的柴火。

莉莉歐等人見狀不約而同拔刀。

面對突然而來的殺氣，波奇和小玉當場停下腳步。

「不要緊，已經死了。」

我向舉劍的三人傳達透過ＡＲ顯示確認的結果，然後向小玉詢問事情經過。

「那個螞蟻是怎麼回事？」

沒錯，小玉抬過來的所謂獵物正是「大羽蟻」的屍體。

「消滅了～？」

「是從馬車上面襲擊的喲！」

面對我的問題，兩人雙手上下擺動地回答。

被拋出的屍體到處可見被鈍器毆打般的凹陷，頭部則是開出一個看似被莉薩一槍刺穿的洞。

「主人，似乎沒有其他潛伏的魔物了。」

肩上扛著長槍，莉薩前來這麼向我報告。其身後還跟著悠妮。

或許是很害怕，悠妮用顫抖的小手緊緊抓住莉薩的外套。

嗯，雖然種類有所不同，但難道是領軍的漏網之魚？

由於雷達的索敵範圍比較狹小，我便打開地圖顯示正門外的廣大森林。

——紅色。象徵敵人的無數光點自森林深處接近當中。

「波奇、小玉，妳們去拿短劍。亞里沙，妳把露露帶過來。莉薩妳負責回收當作床鋪的帳棚。」

「是喲！」

「系！」

「ＯＫ～」

「遵命。」

四人聽完我的指示後迅速跑開。撇開獸娘們不提，我還以為亞里沙會詢問我原因，不過卻乖乖照做了。

大概是我的行動過於唐突，伊歐娜小姐狐疑地詢問：

「怎麼了嗎？」

「這種大羽蟻絕對不會單獨行動。恐怕後續還會再出現。就算是少數也無妨，你們最好派幾名騎兵出去偵察——」

枉費我特地用「詐術」技能捏造出挺像一回事的解釋，但話還沒說完，其中一座市壁塔便發出了警報。

恐怕是透過目視發現了螞蟻吧。

聽到聽到警報聲後，我目送潔娜和士兵們紛紛跑向指揮官所在處開始集合。

老闆娘和瑪莎也從旅館裡探出不安的臉孔。我讓在莉薩離開後改抱住我腿部的悠妮前往老闆娘身邊。

根據地圖上的詳細資訊，大羽蟻只有等級三左右。以單體實力來說遜於武裝後的領軍士兵。大約就和普通成人差不多。

只不過，這種大羽蟻擁有銳利的爪子和不同於普通螞蟻的堅硬外殼。再加上還會在天上飛行，對於一般人而言應該很有威脅性。

最佳的手段是乘牠們飛出都市，逗留在空中的期間用「小火焰彈」魔法加以焚燒。但飛行型魔物的移動速度超乎想像，我僅僅猶豫一下，大批螞蟻便已經抵達市壁。

原本打算直接通過市壁上空而接近的螞蟻，牠們就像發現眼前有道玻璃牆的鳥兒一樣改變軌道返回市壁的另一端。

其中有好幾隻沒能返回，猛烈撞擊市壁上方然後掉落。倖免於撞擊的螞蟻似乎也飛不太起來，就在速度放慢的時候被市壁上的弓兵們擊落。

——什麼？

「市壁上用來驅趕魔物的結界似乎生效了呢。」

亞里沙不知不覺中已經帶著露露下來。彷彿看穿我的內心一般，她這麼回答疑問。

「結界？牠們可是穿過去了耶？」

「畢竟又不是空間魔法。若要常設能夠製作物理性障壁的結界，魔力使用效率就太差了。」

像龍之谷的結界，倒是有物理性的抗拒作用……不，現在別說這個了。

「亞里沙，妳帶露露到酒館裡面避難。那裡三面都是石牆，應該很安全。我會讓波奇和小玉守在入口，儘管放心吧。」

我向亞里沙下達指示，並吩咐取來短劍的波奇和小玉守在入口處。然後利用莉薩搬來的帳棚和桌子製作路障，以防備萬一螞蟻入侵的時候。

「波奇還有小玉，入口交給妳們把守了。」

「是喲！」

「主人呢～？」

「我跟莉薩一起聯手驅逐接近旅館的魔物。」

在都市外工作的人們，如今正從正門逃入市內。似乎還有不少已經受傷的人。

領軍士兵在正門前擺好陣形。潔娜施展了對空系的防禦魔法，但或許因為人數太多而相當耗時。

待背負大籃子的犬人奴隸跑進來後，正門隨即緩緩關閉。

彷彿缺乏公德心的乘客想要衝入發車鈴已響的電車內，螞蟻的身體滑進了眼看要完全關閉的正門縫隙裡。

「才一隻魔物，用門把牠壓扁！」

門衛的辦事處裡響起騎士索恩指揮門衛的聲音。

然而，現在不只一隻了。

就在正門短暫停止關閉的期間，蟻群一隻接著一隻陸續塞入身體將門縫撐大——後續的蟻群終於順利入侵了市內。

剛回來的巡邏隊在加入潔娜之後，便開始迎擊蟻群。

面對成功入侵市內後想要飛上空中的蟻群，潔娜用「落氣槌」魔法將牠們擊落，自魔法攻擊下逃脫的螞蟻則是由莉莉歐她們以弩弓射穿。

對潔娜的魔法和弩弓感到威脅，蟻群再也不敢隨便飛起來。

演變成地面戰的話對領軍比較有利，但蟻群的數量實在太多。

數十隻螞蟻繞過領軍襲向我和莉薩。當然，附近的店舖也是目標。

「主人，請包在我身上。」

莉薩的黑槍對準螞蟻揮出。突刺、橫掃、敲打——挾帶令敵人不堪一擊的氣勢逐一驅逐螞蟻。

至於鎖定了中庭馬匹低空飛來的螞蟻，我則是用手指彈出劣幣將其擊穿。

——嗯，迴旋度稍嫌不足。

要是再鑽研一下，大概就連躲在物體後方的敵人也能命中了。

或許是因為像這樣開發一些多餘的小招式而疏於掩護莉薩，好幾隻螞蟻乘機接近了門前旅館。

「這裡不能過去喲！」

「禁止通行～？」

面對數隻想要入侵旅館的螞蟻，波奇和小玉阻擋在前。

旅館的人們近距離見到螞蟻後則是發出驚叫。

「嘿——喲！」

波奇舉起靠在腰上的短劍整個人一併突擊前頭的螞蟻，一擊便解決掉對方。

看準動作停止的波奇，其他螞蟻自左右揮下了利爪——

「粗心大意～？」

跳到波奇背上的小玉用短劍和小盾牌擋下螞蟻的攻擊。

「小玉，謝謝喲！」

「盡人事聽天命～？」

為何要講沖繩的方言——等等，那不是亞里沙嗎？

配合螞蟻收回利爪的時機，小玉跳向空中，從螞蟻的頭上以刺穿之勢刺出短劍。因反作用力而趴在地上的波奇，則是貼著地面以向上突刺的姿勢貫穿右方螞蟻的下顎。對於轉眼間就打倒三隻螞蟻的小小戰士們，旅館裡毫不吝惜地傳出讚賞的聲浪。

不到半個小時，門前廣場的螞蟻就被消滅至僅剩下少數。

儘管有好幾次像波奇那樣驚險的一幕，但每次都因為螞蟻很不自然地停止活動，嘴巴和眼睛噴血並自己倒下而度過難關。

這恐怕是亞里沙的精神魔法吧。可以看到她舉起雙手做出勝利手勢的身影。

話說回來，我還見到好幾隻螞蟻跑進了娜迪小姐所在的萬事通屋裡。娜迪小姐可能躲在地下室所以不用擔心，但還是去營救一下比較好。

「莉薩，這裡暫時交給妳。」

「了解！」

彷彿在證明這個爽快俐落的回答，莉薩用黑槍一擊解決了兩隻螞蟻。

我避開襲擊而來的螞蟻，一邊跑向萬事通屋。

進入萬事通屋內部，我在外頭看不到的地方從儲倉裡取出看似鐵撬的金屬製物體。並非狼牙棒，而是某種武器的握把。

雖然用腳踢也可以，不過在狹窄的空間裡不便施展身手，所以才選擇了一樣可以充當武器的東西。之所以不使用魔法槍，除了因為無法掩飾打倒魔物後的痕跡，更主要是店內可能會變成蜂窩吧。

我用鐵撬撲殺那些襲來的螞蟻。

＞獲得技能「單手棍」。

話說回來，我好像沒有什麼棍類的技能。

由於也不是要作為主要武器使用，我便保留技能點數不予分配。

對於聚集在通往地下室木製門口的兩隻螞蟻，我依序用鐵撬撲殺牠們。

將螞蟻的屍體推到一旁後，門已經千瘡百孔了。看來真是好險。

儘管從地圖上的狀態可以知道對方平安無事，我依然出聲呼喚娜迪小姐以讓她安心。

「娜迪小姐，妳不要緊吧？」

「是……是的，我沒事！」

通往地下室的樓梯被螞蟻吐出的酸液染成黃色。很可惜，我手中並沒有能夠中和酸液的藥品。

用金幣鋪在地上的話應該不至於被酸液溶化，但這是最終手段。

總之先搗碎儲倉內的岩石，鋪在樓梯上試試看……

就在實行這個方法之前，一個纖瘦的人影衝進了屋內。

「娜迪！」

「店長！」

是一名少年。長長的綠色頭髮就像功夫電影的主角那樣綁成一條辮子，身穿素色的束腰上衣和長褲。要說異於常人的地方，就是頂端有些尖銳的怪異形狀帽子吧？

「■■■　■■■　■■　操控藤蔓。」

他施展魔法後，室內當作觀葉植物的藤蔓立刻像觸手一般蠢動，延伸至地下室。不久，身體捲著藤蔓的娜迪小姐被送回來了。

太精彩了。真是如假包換的奇幻魔法。

「謝謝您，佐藤先生！還有，店長也是。」

「順便？」

「不是，我真的很感謝哦。」

娜迪小姐在寡言的少年和我的臉頰各獻上一個感謝之吻。

「誰？」

「是委託我們找房子的先生，也是我的救命恩人哦。要是佐藤先生沒有趕到，我早就在店長過來之前被螞蟻吃掉了。」

少年轉過整個身體，用一句「感謝」向我表達謝意。其簡潔的程度令人懷疑他是否真心在答謝。

見到AR顯示中列出關於他的情報，我難掩驚訝之情。

他竟然是奇幻世界中最有名的種族——精靈。

◆

「您怎麼了，佐藤先生？」

「精……不，我第一次看見綠色的頭髮。」

本來要脫口說精靈，我急忙用頭髮顏色敷衍過去。

「啊啊，店長他是森之妖精『精靈』哦。很厲害吧？」

「是精靈嗎？耳朵長長的那種？」

「姆，不是。」

聽完我的話，店長竟像個小孩子般將臉撇過一旁耍脾氣。

態度挺幼稚的，不過店長其實已經有兩百八十歲的高齡了。

他的名字叫尤薩拉托亞・波爾艾南。根據之後聽來的解釋，波爾艾南與其說是家族名，其實是他所居住的森林名，同時也是住在那片森林裡所有精靈族的共同姓氏。

「店長也真是的——佐藤先生說的是長耳族哦。就是笹葉狀的長耳朵橫向生長的種族對吧？」

娜迪小姐安撫著店長，一邊向我這麼確認。

我對此點頭表示正確。

「由於建立沙珈帝國的初代勇者將長耳族稱為精靈，即使過了千年以上還是有很多人誤會呢。」

原來如此，連初代勇者也搞錯了嗎……

想必初代勇者也跟我一樣受了以「被詛咒之島」為舞台的名作奇幻故事（註：指《羅德斯島戰記》）影響，將長耳族誤認為精靈了。

——嗯？一千年以前的人物？

那麼久之前的日本人，應該不可能知道「精靈」這個單字才對……

莫非原來的世界和這裡的時間流速是不一樣的？

「所以，將精靈和長耳族混為一談，是相當忌諱的一件事情哦。」

「原來是這樣啊。雖然不知情，但畢竟還是冒犯了。店長先生，請您看在這樣的份上原諒我。」

我苦笑著向告訴我這些的娜迪小姐道謝，然後對店長深深低下頭賠罪。

「嗯，原諒。」

「真是的，店長。這樣聽起來根本就不像原諒人家嘛。」

「交給妳。」

代替沉默寡言的店長發言，娜迪小姐一邊掀起店長的頭髮將對方的耳朵——形狀比起普通人似乎有些尖銳——展示給我看。

店長隨手撥開了娜迪小姐的手，但看起來並沒有什麼不高興的樣子。

從這種隨意的互動來看，這兩人應該是男女朋友或夫婦吧。

好吧，這裡也不適合待太久，還是回到大家那裡好了。

「那麼，娜迪小姐，房子的事情之後再談。」

「好的，今天真是謝謝您了。」

向娜迪小姐和店長打了個招呼後，我便離開現場。

當我們走出屋外之際，門前的戰鬥已經結束了。

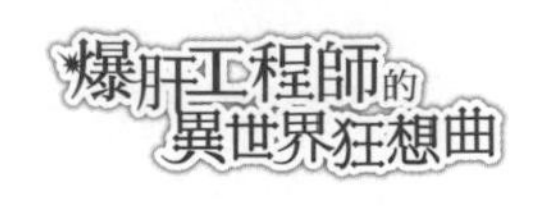

入侵市內的魔物全數被擊退，領軍的士兵們和勇士正聚在一起開始收拾螞蟻的屍體。

「佐藤先生！」

眼尖的潔娜在發現我之後便跑過來。

或許是不習慣穿裙子跑步，她在來到我身邊之前便被裙子絆了一下腳。我在潔娜跌倒的前一刻伸出手臂支撐她的身體。

「對不起。」

「不要緊嗎？」

可能是因為我的手臂就這樣被抱住，手臂如今處於有點幸福的狀態。

儘管很想再持續一段時間，不過潔娜的護衛士兵投來令人發疼的目光，於是我便幫她恢復身體的平衡。

據潔娜所言，領軍和市民似乎都沒有人死亡。

傷者也幾乎都是輕傷，聽到警報趕來的神官們已經開始治療了。

回復魔法交給專門的神官負責，潔娜等人接下來似乎要與輕騎士們同行前往市外進行預警。

「真可惜，難得的休假就這樣泡湯了。」

「才出門到一半就結束雖然很可惜，不過索敵畢竟是風魔法擅長的領域。況且得趕快動身才行。要是周遭村落遭到襲擊就不好了。」

潔娜表示，鄰近的村落好像都有名叫結界柱的驅趕魔物防衛系統，但性能上不如聖留市的市壁結界那樣強大。

我目送潔娜等人和輕騎士們一起出發。潔娜以外的魔法兵似乎也全數動員，其他更有好幾隻部隊已經出發了。

發現莉薩站在門前旅館前方呼喚，我便朝那裡走去。一旁有個看似士兵的男人。

「你就是這傢伙的主人？」

「是的，我叫佐藤。」

回答男人的問題，我一邊接過莉薩遞來的小袋子。

確認內容物，裡面是大羽蟻的魔核。

「魔核一向都由領政府收購。拿來吧。」

「這倒無妨，不過是不是應該先治療受傷的人和收拾善後？」

男人異常催促的態度讓我感到狐疑，於是透過ＡＲ顯示確認狀態。是領軍主計課的人嗎？男人回答：「那是其他人的工作。」便從我手中一把搶過小袋子，往士兵們的方向走去。

不但沒有精算，就連魔核的個數都未確認，而且我的名字居然也不問一聲。不是我不相信別人，但這種行為就算視同對方存心賴帳也不足為奇。

「請等一下。」

「幹嘛？」

被我叫住後，對方僅僅投來傲慢的目光。

面對這個男人的側臉，我清楚地傳達自己的主張：

「要請您開立一張收據。麻煩在這張紙上註明魔核的個數與兌換金額，還有您的所屬單位和名字。」

從資金層面來說，魔核的這筆款項其實可有可無，但莉薩她們辛苦得來的成果被人奪去的話實在不怎麼舒服。

「你說什麼？難道我會賴帳嗎？」

「商人做事一向很謹慎。無論對方是聖者或勇者，一樣都會要求書面的保證而非口頭約定。」

當然，後面那一句是我隨口說的。「詐術」技能實在是強得可怕。

男人口中哼了一聲，用我遞出的紙張和墨水簡短地書寫。由於對方打算寫下低於市場行情的價格，我便在地面寫出算式糾正「計算錯誤」並讓他修正。

「這樣行了吧？你這貪婪的商人！」

說得很難聽，但我仍毫不在意地收下兌換書。只要把這個拿到領政府的公所似乎就可以換錢了。

男人戴著附印章的戒指，卻未在文件上面蓋章。發現這點後我加以確認，結果之前的證書或寄放莉薩的長槍時所開出的保管證不僅都簽了名，還蓋上了印章。

「還沒有蓋章哦？」

「我只是忘記而已。」

男人對於我的指正很不愉快地扭曲表情，從我手裡奪過文件粗魯地蓋章。

「這樣可以了吧！」

由於看不出還有其他花招，我這次便將文件收進懷裡。

或許是小撈一筆的計畫失敗，男人一邊發著牢騷離開了。

與其說是個壞蛋，這個人不久可能會因盜領工公款或詐欺而丟掉工作吧。

>獲得技能「算數」。

>獲得技能「威迫」。

>獲得稱號「新手商人」。

>獲得稱號「灰色商人」。

查看紀錄，稱號和技能都增加了。

真想問問負責掌管技能系統的那個存在，我到底什麼時候威迫別人了？

◆

太陽下山之際，街上的行人們也都恢復了往常的冷靜。

在那場戰鬥中小玉最先打倒的大羽蟻，似乎是潛伏在不久之前才抵達門前旅館的貨物馬車裡。

門衛在盤查時未能發現實在很不可思議。不過貨物馬車後方好像就是莉莉歐她們巡邏歸來的隊伍，所以大概草草檢查一下就放行了吧。習慣真是會要人命。

「這些孩子真了不起呢。小小年紀居然保護旅館不受魔物的攻擊。」

聽到老闆娘的答謝，波奇和小玉都顯得很不好意思。

不讓魔物接近旅館的最大功臣應該是莉薩才對……

不過對方似乎無意誇獎她的功績。

之後再去那家紅旗店買些好吃的雞肉串慰勞她一下吧。

「這裡行不行？」

「再靠右一點。對了，這樣不會吹到風，馬車出入時也不至於吃到灰塵。」

老闆將餐桌搬到中庭，女老闆則是負責指揮擺放的位置。

從後門返回廚房後，老闆和瑪莎一起將料理端出來。

「在其他客人面前，雖然不能讓這些孩子住在旅館房間裡，但不表示一下感謝就太說不過去了。至少讓我老公露一手，請各位享用料理吧。」

除了之前吃過的鹹派、有勾芡的蔬菜燉湯，甚至還附上了某種整隻拿來烤的小動物。AR顯示跑出了「烤整隻短耳兔」的菜名。其他還有大盤子裡堆積如山的馬鈴薯泥，以及擺放在長盤子上類似可樂餅的圓柱狀料理。

「很香呢。」

「幸福的香味喲。」

「肚子餓了～？」

「請稍等片刻。」

為了不妨礙料理擺上餐桌而站在稍遠處緊盯著料理的這四人，模樣看起來實在很令人莞爾。

「佐藤先生，我買回來了！」

「謝謝妳，悠妮。」

見到悠妮買來滿滿一整籃的水果，我便給她一顆水果和幾枚劣幣當跑腿費。

這些水果是給露露吃的。除了身體本來就不好之外，或許又因為羽蟻的襲擊而在驚嚇之後貧血，她如今正臉色蒼白地倒在我身旁。

亞里沙直到剛才都在照料她，但最後還是不敵食慾跑到餐桌那邊。

要是有什麼藥品就好了。吃完飯後到西街的鍊金術店或藥店逛逛吧。

——另外，餐點真的非常好吃。

老鼠公主

「我是佐藤。我在學生時代閱讀了許多的各類書籍，但唯獨推理小說的凶手從來沒有猜對過。每次必定都會陷入作者的誤導之中呢。」

「小少爺，歡迎再來哦。」

「嗯嗯，一定的。」

我在妓院前方用社交辭令應付著性感大姊姊的攬客台詞，然後走在夜晚的街上。

讓亞里沙和露露入睡後，我原本只是前來西街購買止痛藥。但看似迷宮裡救出的商人們不但請我喝酒，最後大夥還一起擁入他們常去的妓院。

拜各式各樣的行為所賜，我獲得了「誘惑」、「枕邊私語」、「性技」及「整骨」的技能。稱號也增加不少，但就在此省略了。

由於一起過來的商人們喝了不少酒，想必如今正和大姊姊們一起作著美夢吧。

嗯，享受是享受過了，但就這樣回去可能會被亞里沙她們聞到香水味。

我從妓院前走進通往西方大道的小巷子，那裡有手持短杖看似咒術士的少女正向一群流鶯施展生活魔法，於是我也請對方施展了洗淨和乾燥的魔法。夜間的費用稍貴一些，不過洗掉汗水後整個人清爽許多，所以算很便宜了。

這一帶較靠近北方的工匠街，可以的話真想乘坐載客馬車。但這種時段除了包租馬車之外，其他店好像都已經打烊，所以一台也沒有看到。

迫於無奈，我只好步行在夜晚的西方大道上。

西方大道和中央大道一樣，木製的街燈等間隔地並排著。裡面並非點著燈泡，似乎是商店街雇用的咒術士們以生活魔法中的「燈光」魔法點亮的。

這種魔法燈光的效果好像約莫兩個小時，故以此作為單位分別命名為「夜一刻」、「夜二刻」、「夜終刻」。

夜終刻的時候，街燈似乎似乎會相隔一盞不去點亮。

目前是「夜二刻」，所以全部的街燈都點著，但比起日本商店街的街燈暗了許多。差不多是點蠟燭的座燈並排照明的亮度。

街燈下，穿著暴露服裝的流鶯們紛紛出聲攬客。

所幸其中沒有看似太年幼的小女孩，但一晚僅一枚銅幣也太賤價了。

由於剛才已經交戰過一次，所以我並無意回應她們的期待。更重要的是，她們的頭上在

ＡＲ顯示裡冒出「狀態異常：疾病／性病【潛伏】」的訊息，所以讓我十分在意。

其中甚至還有顯示「狀態異常：疾病／性病【發病】」的人。

——嗯，避孕用品是很重要的呢。

回去的路上發現藥店，我便買了給露露用的止痛藥。

店家開出高於市場行情的十倍價格。開口殺價後，這次卻拿出效果很差的過期藥。我對此出聲糾正並讓對方換成正常的藥品。

懷念各種商品都標示合理價格的日本，我一邊確認紀錄。不知為何，竟附加了「鑑定」技能。

鑑定的人並不是我，而是主選單的ＡＲ顯示才對……

由於以後可能會派上用場，我便分配了技能點數。

或許是走在大道上不知不覺進入了「夜終刻」，街燈變得只剩下間隔一盞的照明。

夾雜在喧囂聲之中，我彷彿聽見翅膀拍動的聲響，於是抬頭望向夜空。

看不見蹤影，但透過飄來的一根羽毛鑑定之後終於知道其實體為何。根據鑑定的結果，似乎是一種名叫「影梟」貓頭鷹。

難怪在深夜裡還能飛行。

我將出奇美麗的羽毛舉在街燈之下觀看，然後在斗篷底下收進儲倉準備送給波奇和小玉當作禮物。

因為夜深的關係，路上的行人漸漸變得稀疏。

不知是處於這種環境的緣故或「順風耳」技能的效果所致，我能聽見微弱的金屬撞擊聲。

停下腳步豎耳傾聽後，好像是另一端的大道有人起糾紛的樣子。

儘管不是個愛湊熱鬧的人，但要是放著不管在隔天早上聽到「有人被殺」的傳聞後，我鐵定會感到沮喪。

於是我決定好方針，若是醉漢打架就置之不理，至於強盜之類的壞蛋就加以排除。

這麼決定後，我走進沒有街燈的昏暗小巷。這一帶記得是白天來參觀過的宅邸附近。由於地下已經成為犯罪公會的老巢，大概是兩個組織在火拼吧。

月光在小巷裡投下陰影。

凝目望去，昏暗的另一頭可以見到幾個人正包圍著矮小的孩子敲詐勒索。

說到這個，我突然想起之前獲得了「夜視」技能，於是分配技能點數將其開啟。

黑漆漆的小巷直接提昇亮度，人與物的輪廓清晰浮現。

很類似透過夜視鏡觀看的光景。

周遭沒有其他人影。我將靠在附近牆壁的木材推倒，製造出響亮的聲音。

若是這樣能嚇跑對方就再好不過，但包圍圈裡的兩人卻踩著滑行般的步伐接近這裡。

——那是影子。

只能用人形影子來形容的存在直逼而來。AR顯示在其頭上列出相關資訊。

名叫「逼近的影子」。是等級十一的魔物。如外表所見，物理攻擊似乎無法奏效。

不知是越過了都市裡用來驅趕魔物的結界，抑或是從迷宮裡跑出來，總之對手既然是魔物，我也樂得不用手下留情。

從儲倉裡取出魔法槍，我對準影子扣下扳機。

考慮對手閃避的可能性，於是又連續射出子彈。但影子不知是動作比想像中遲鈍，或者對自己的特性很有把握，居然躲也不躲地挺身接下了魔力子彈。影子煙消雲散，魔核的紅色球體掉落地面。

在解決第一隻之際，第二隻已經接近了。

影子對準我揮下黑刃。這刀刃是否也為影子，從正面完全看不出來。

我將身子滑向一旁，順著「迴避」技能所帶來的感覺躲開刀刃。

剛才位在背後的廢木材被砍斷的聲響傳來。

多虧採取了互換位置的動作。代替我被砍中的廢木材，其銳利的斷面映入我眼簾。

我可不想被那種東西砍中。雖然擁有「自我治療」技能多少能夠自行治癒傷勢，但我根本不想嘗試把砍斷的手臂重新接上。

舉起槍，我準備在對方改變姿勢前將其打倒。

——什麼？

挾帶人類不可能做出的動作，影子的手臂朝著關節的反方向彎曲對我砍來。

我在千鈞一髮之際躲開。

就這樣整個人倒在地上，連射三發魔法槍解決掉影子。

呼——完全忘記對手不是人類了……

我輕輕拍打臉頰提振鬆懈的精神。

得快點去救人，否則那孩子就會被影子殺掉了。

小孩似乎手持不時散發紅光的武器牽制著三隻影子，不讓對方有機會接近。

身手挺厲害的，不過身後好像在保護什麼東西，導致動作不太流暢。

影子揮出鞭子一般柔軟的劍，看似偶爾會擦過小孩身體留下傷痕。

我用魔法槍狙擊和小孩未在同一直線上的兩隻影子。這次將威力值開啟至最大，一擊便消滅了第一隻影子。

只不過，提高威力的代價便是連射間隔稍稍變長。

就因為這樣，靠著從遠處狙擊解決一切的計畫也泡湯了。

察覺到這邊的動靜，其中一隻影子往這裡靠過來。原本打算直接開槍擊倒，但是對方卻在接近途中分裂成複數的影箭直射而來。

狹窄的道路上，根本沒有躲避的空間。

——旁邊是……

我踹著牆壁逃向空中。

影箭隨之改變軌道追來，但我仍連續踩著左右兩邊的牆壁繼續躲避。

儘管動作令人眼花繚亂，不過或許是「立體機動」技能的輔助效果，三半規管並未發出悲鳴，最終順利地躲開了。

當影箭再度合體變回人形之際，我用魔法槍將其擊穿。

小巷子裡傳出「砰咚」的沉重聲響。

——糟糕。

因出血而動作遲鈍的小孩大概沒能躲開影子的攻擊，整個人被砸飛到石牆上。

我迅速確認對方的體力——不要緊，還沒有喪命。

影子似乎是將體型轉變為黑色球體後擊中了小孩。由於鞭子般的線狀攻擊會被躲開，所以就改成平面的攻擊嗎？

球體的中央處出現了裂縫。當中可以見到小孩所持的柴刀刀柄。物理攻擊應該無效才對——我懂了，那是魔法武器嗎。

彷彿要挖穿地面般使勁踩踏，我以格鬥遊戲角色般的動作貼地拉近雙方距離。

僅僅三步便來到影子的正前方，然後用一記前踢伸出後腳跟推擠柴刀的刀柄，將其塞進球體的深處。

伴隨物體碎裂般的觸感後，影子便煙消雲散，破掉的魔核碎片掉落地面。無視於散落一地的碎片，我僅回收了魔法柴刀。

話說回來，得趕快確認小孩的狀況才行。

小孩就像斷了線的木偶一般倒在牆壁旁。

不，說小孩子是我誤會了。ＡＲ顯示告訴我這一點。

我跑到對方身旁，取下兜帽後確認長相——倘若不是事先知情，我大概會當場尖叫吧。

戴著紅色頭盔那張臉，是覆蓋著灰色體毛的老鼠面孔。明明是老鼠臉，看起來卻充滿冷酷的男人味。

他是鼠人族的騎兵。也許是傷到了內臟，他從口中咳出深紅色的液體。其狀態為「重傷【內臟損傷】」，體力值不斷減少中。

「……是誰？」

微微睜開眼睛的鼠人用含糊的聲音質問：

「嗚，泥是那傢伙的爪牙嗎？」

「不是。」

儘管不知道鼠人口中的那傢伙是誰，但我當下便否認了。大概是派出那些影子的人物吧。

雷達的光點告訴我，他所保護的布塊當中還有另一個人。可能是處於昏迷，布塊裡的人一動也不動。

我和鼠人交談，一邊閱讀布塊上出現的ＡＲ顯示。其意外的內容讓我有些吃驚。

「窩已經……快撐不住，公……公豬就拜託你了。」

「知道了，包在我身上吧。」

聽到我這麼爽快承諾，全身放鬆的鼠人就這樣昏過去了。

當然，我這麼快答應是有其原因的。因為對方稱呼為公主——雖然他的發音聽起來像公豬——的存在，我知道在哪裡可以找到她認識的人。

好，趕快行動吧。這麼拖拖拉拉的期間，他的體力仍在慢慢減少當中。

我用儲倉取出的布替他的外傷止血。

V獲得技能「療傷」。

V獲得稱號「救護員」。

還是老樣子，這麼巧就獲得了技能，於是我趕快將技能點數分配下去開啟技能，重新進行急救。

儘管血腥味和野獸體味讓我皺起眉頭，雙手仍持續治療中。

很好，總算制止體力的減少了。

我從儲倉裡取出與黑夜同色的兜帽外套披在身上。

然後將兜帽蓋至眼睛處，再以長毛巾像圍巾一樣纏繞在嘴邊。為保險起見，事先還將交流欄的名字改成空白。

這樣就可以完美隱藏身分了。

銀色面具反射月光後似乎很醒目，所以這次就不戴了。

我將公主和鼠人疊在一起抱至胸前，蹬著石牆跳到屋頂上方。然後就這樣在屋頂上像怪盜一樣飛越房屋，最後抵達了萬事通屋的後門。

我「叩叩」地敲門。

剛才確認過地圖，可惜的是店長和娜迪小姐的狀態都顯示為「睡眠」。

兩人似乎都住在萬事通屋的二樓，不過是不同房間。看來不是戀人或夫婦了。

要是弄出太大的聲響引來門衛也很麻煩，我於是從儲倉取出鐵絲打開門鎖。「寶箱開鎖」技能似乎也可應用在這上面的樣子。

>獲得技能「開鎖」。

>獲得稱號「開鎖者」。

進入室內，我讓兩人躺在稍硬的接待沙發上。

鼠人的頭盔撞擊沙發木框後發出乾硬的聲響。

——哦，店長醒了。

狀態顯示從「睡眠」轉變為「無」。看來正悄悄移動前去喚醒娜迪小姐。

「店……店長？這……這是要夜襲嗎？」

「不是。」

「順風耳」技能告訴我二樓目前的狀態。不知為何，娜迪小姐的聲音聽起來好像很開心。

將娜迪小姐保護在身後，店長走下了樓梯。

萬一被當作可疑人物而攻擊的話就很困擾，所以我選擇主動出聲：

「晚安，打擾了。娜迪小姐，我是佐藤。」

「什麼？佐藤先生？這麼晚了有何貴幹呢？」

娜迪小姐的聲音聽來十分狐疑。嗯，這也是沒辦法的。

「我帶來一個店長認識的人。對方身受重傷，希望你們趕快進行治療……」

「認識的人？」

聽到自己認識的人受重傷，店長和娜迪小姐從樓梯的陰影處現身。

「■■■■　魔燈。」

店長揮動長杖詠唱魔法。很像ＬＥＤ的發光方式。

「這是鼠人？這個紅色頭盔，我記得是名叫『赤盔』，被懸賞的著名鼠人騎兵哦。」

「不認識。」

見到赤盔，店長這麼出聲否定。我於是糾正他的誤解：

「店長認識的人就在這塊布裡。赤盔稱呼她為『公主』。」

「鼠人的公主嗎？在鼠人的部落中，除了族長和戰士以外應該就不會冠上尊稱了才對……」

鼠人是戰鬥種族嗎？想不到娜迪小姐還挺博學的。

想著這些事情，我一邊解開布塊讓他們看看裡面。

「──蜜雅。」

赤盔保護的「公主」似乎正如我所料，是店長所認識的人。

自後方窺探的娜迪小姐輕輕「咦！」了一聲後愣住。我了解她的心情。

因為出現在布塊中的，是一名擁有白皙皮膚、淡青綠色長髮及尖耳朵的少女。

「這不是精靈嗎！」

娜迪小姐發出驚訝的聲音。

沒錯──正因為是精靈，所以才將她帶到這個都市裡唯一一位精靈的店長身邊。

況且這兩人的姓氏一樣都是波爾艾南。

或許是被娜迪小姐的聲音吵醒，蜜雅公主微微睜開眼睛。她緩緩地轉動目光環視四周。

那一時無法鎖定焦點的銀色眼眸望向我這邊後，蜜雅公主喃喃說出：「好漂亮。」便失去了意識。

上吧。

她是看到什麼才說「好漂亮」？儘管有些好奇，但還是把注意力轉到快要掛掉的赤盔身上吧。

「然後，這位『赤盔』該怎麼辦呢？要交給門衛嗎？」

「恩人。」

「呃——好像因為他是蜜雅公主的恩人，所以不希望交給門衛的樣子。」

「公主不是。」

「他說蜜雅小姐並不是公主。」

娜迪小姐幫忙解釋店長過於簡短的發言。

後方突然傳來一記「咕噗」的重重咳嗽聲。

「話說回來，再不治療的話就快掛掉了哦。」

「姆？」

「不好了，我去請住在後巷的赫倫前神官。他應該會願意幫別有隱情的人治療。目前看樣子已經止血，所以麻煩店長用魔法保持呼吸道的暢通。還有請先脫下那頂醒目的紅色頭盔找個地方藏起來。」

聽完我的話，娜迪小姐急忙展開行動。她抓起掛在一樓牆上的外套，就這樣未換睡衣直接走出店裡。

「一個人走夜路太危險了。我也一起去。」

確認店長開始詠唱咒語，我便追上娜迪小姐的身後。

◆

隔天早上，亞里沙不知為找上我逼問：

「討厭！明明就有我了，為何還要去妓院呢！像這樣的美少女隨時都是歡迎光臨的狀態，到底還有什麼不滿意的啊！」

「冷靜點。」

我幹嘛把小學生年紀的小女孩當作性慾對象。

面對脫掉睡衣，以半裸狀態氣喘吁吁地逼來的亞里沙，我將自己掛在床鋪上方的外套蓋在她身上。

「哦哦，是正太的味道……」

這個變態——

開始聞著外套氣味的亞里沙，這時驚叫一聲：「好臭的獸味！」並丟掉外套。

「等一下，難道你喜歡體毛多的嗎？」

亞里沙看似退避三舍地冒出莫名其妙的發言。

雖然可以想像她在思考什麼，但失禮也該有個限度。

「昨晚我去幫露露買藥，回來時救了一個差點死掉的獸人哦。」

為了不讓矛頭轉向別的地方，我特地強調「露露的藥」。

「哦～？女人？」

「才不是。是個長相冷酷的大叔。」

「這是ＢＬ？是ＢＬ對吧！就像老虎×蛇一樣，渾身肌肉的虎耳大叔推倒兔耳少年的劇情！唔唔，我要沸騰了！」

「這種蠢話不要大聲嚷嚷，快把衣服穿起來。這是『命令』。」

真是的，什麼ＢＬ的情節我可敬謝不敏。

或許是太過吵鬧，原本睡覺中的露露醒來了。臉色還是有些不佳。

「感覺怎麼樣了？」

「是的，比昨天輕鬆多了。」

「我幫妳買了藥，很痛的時候就吃一包吧。」

我將昨天買來的止痛藥包交給露露，同時告訴她從藥店聽來的使用注意事項。這種藥比較不一樣，似乎要在飯前和飯間服用。

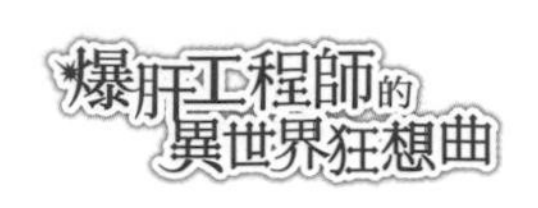

「對了，亞里沙。」
「幹嘛？」
我解開藥包和倒了水的杯子一併遞給露露，同時說出昨天忘記轉達的迷宮一事。
「咦～普通人無法進入聖留市的迷宮？」
「嗯嗯，暫時好像辦不到。」
看到亞里沙一臉遺憾地用鴨子坐姿坐在床上，我便隨口安慰她。
「主人要在這個都市定居嗎？」
「不，這個都市觀光完畢後，我打算去南方的公都一帶。」
「觀光？」
聖留市的觀光行程幾乎已經結束，只剩下和潔娜一起前往位於內牆另一端餐廳的約定。待完成這件事情後，我打算一路前往獸娘們能夠安心居住的公都或迷宮都市賽利維拉。
公都之所以會成為下個目的地，主要是我想看看大家都稱讚美麗的大河夜景。
「那麼——那麼——」
亞里沙鼓起精神靠了過來。
「去完公都之後，我想到迷宮都市看看！」
「嗯嗯，這倒是可以。」

「真的！要保證哦！」

面對伸出小指頭的亞里沙，我和她打勾勾這麼約定道。

望著打完勾勾的小指，亞里沙「嘿嘿」地笑道。我催促她前往馬廄的獸娘們那裡吃早餐。

得先告訴獸娘們關於公都和迷宮都市的事情才行呢。

讓大家吃完早餐後，我獨自一人前往萬事通屋。

「午安，狀況如何了？」

「是的，兩人都還在睡覺。」

赤盔已經由赫倫前神官治療過，但由於對方只會施展下級神聖魔法的緣故，傷勢並沒有完全治癒。

據說出血已經控制住，不過內臟的傷勢若非中級以上的神聖魔法就只能些微治療而已。

奇怪？話說店長應該會使用「術理魔法」和「森林魔法」這兩種魔法才對，難道不能幫忙回復嗎？

我向娜迪小姐提出這個疑問。

「店長並不擅長治療魔法哦。他說頂多只能止血和消毒而已。」

況且要是店長有能力回復，就不必深夜特地去找赫倫前神官了……

「魔法藥無法治療嗎？」

「中級的魔法藥倒是能治癒，可是太貴了買不起。」

我在迷宮裡獲得的魔法藥由於全都轉讓給別人，所以手頭上沒有半個。

既然都救了人，順便借對方一點醫藥費也是無妨，但總覺得這樣太過雞婆了。

見我無言以對的模樣，娜迪小姐似乎會錯意——

「藥的事情不用擔心哦。店長已經找認識的人交涉，材料準備好之後就會以非常便宜的價格幫忙調配。」

——她這麼補充道。

為了採集所需的材料，店長似乎一大早就出發前往稍遠的山林裡了。

由於店長會設法處理赤盔的傷勢，我便試著詢問蜜雅的狀況：

「記得公主應該沒有什麼外傷，現在卻還沒清醒嗎？」

「蜜雅雖然沒有受傷，但身體有些因極度的疲勞而衰弱。據店長所言，很像長期處於缺乏魔力狀態時的症狀。」

缺乏魔力嗎……要是可以把我白白多出來的魔力轉讓給她就好了。

說到這個，她究竟做了什麼才會變得如此衰弱？

「像這類症狀，店長所使用的術理魔法『魔力轉讓』或森林魔法『精神力賦活』應該可以治療才對……」

但不知為何，無論怎麼用魔法補充魔力或精力，都彷彿在破一個洞的鍋子裡倒水一般統統漏掉了。

即使是活了漫長歲月的店長或博學多聞的娜迪小姐似乎也找不出原因。

我透過地圖確認蜜雅的狀態。

年齡一百三十歲。女性。等級七。技能為「水魔法」和「弓」兩種，天賦是「精靈視」。稱號有「搖籃之王」及「波爾艾南之森的幼子」。

從稱號裡存在「幼子」和「搖籃」來推測，精靈的一百三十歲就等於小孩子吧。那中小學生般的外表實在令人無法猜出這個實際年齡。

蜜雅似乎是她的暱稱，本名為「蜜薩娜莉雅．波爾艾南」。

既然是蜜薩娜莉雅，暱稱應該叫蜜薩或莉雅才對，會略稱為蜜雅大概是出於精靈的習慣吧？

既沒有詛咒或疾病等狀態異常，稱號也無特別奇異之處。總不可能會因為「搖籃之王」這個稱號而一直躺在床上。

目前看來精力還恢復不到一成，但可以見到魔力正在逐漸回復，魔力值慢慢被填滿當中。

店長所進行的治療，如今大概開始生效了吧？

雖然想告訴娜迪小姐，卻無法解釋我怎麼查出來的。於是我隨意拋出一個話題，試試能不能順利引導至這件事情上。

「除了治療魔法外，沒有其他辦法了嗎？」

「蜜雅同樣只要有魔力回復的魔法藥就能治癒，但這也相當昂貴。」

娜迪小姐露出生硬的笑容：「沒辦法，大家都很窮呢。」

「就算不用花錢，我想，帶她去魔素濃郁的地脈或源泉應該就能回復了。但這一帶就只有伯爵大人的城堡深處或『龍之谷』才有。」

原來如此——「源泉」？

本來想詢問娜迪小姐更多關於「源泉」的事，不過二樓此刻傳來聲響，所以還是稍後再說吧。

從聲音的方向推斷是蜜雅睡覺的房間，於是我用地圖確認——蜜雅的狀態已經從「昏倒」轉變為「無」了。

娜迪小姐似乎沒有聽到的樣子，我便試著套話：

「二樓好像有什麼聲響，該不會醒過來了吧？」

「佐藤先生的耳朵就像精靈或兔人族一樣靈敏呢。」

兔人族嗎？該不會是真實版的兔女郎吧？

雖然聖留市裡好像沒有，不過還真想親眼看看呢。

我和娜迪小姐一起造訪二樓蜜雅睡覺的房間。

在娜迪小姐同意之前，我就待在房間外等候。

「蜜雅，妳醒了嗎？」

「誰？」

「我是這家店的店員，名叫娜迪。這裡是店長——尤薩拉托亞的店。」

「尤亞的……」

蜜雅的聲音如外表一般帶著稚嫩。或許是剛起床的緣故，聲音顯得有些沙啞。

「外面，誰？」

蜜雅似乎察覺到在房間外待命的我。

感覺這麼敏銳嗎？——不，大概是聽到有兩個人上樓的腳步聲吧。

「是救了妳和赤盔先生的人哦——」

「米澤？」

蜜雅輕聲唸道，聲音和娜迪小姐重疊在一起。

店長也好，這個蜜雅也罷，莫非話少是這個種族的特徵嗎

「紅頭盔的鼠人族叫米澤先生嗎？他已經治療完畢，正在沉睡中。」

「嗯。」

正確來說是「急救完畢」，但老實說的話會增添蜜雅的不安，所以才這麼告訴她吧。

娜迪小姐繼續剛才被打斷的介紹：

「然後，站在門外的人叫佐藤先生。」

「……佐藤。」

「可以讓他進來嗎？」

「嗯。」

我在娜迪小姐的呼喚之下走進房間。

這個房間或許是娜迪小姐私人的房間，沉穩的氣息中充滿了女性的感覺。

不過，觀葉植物好像多了一點。

「佐藤？」

「初次見面，我是旅行商人，名叫佐藤。」

我對蜜雅的問題表示肯定，然後自我介紹。

或許是那端整的稚嫩容貌和眼睛為銀色之故，給我一種洋娃娃般的印象。

「精靈使？」

蜜雅這個唐突的問題讓我傾頭不解。

我用過火魔法，但根據魔法入門書的記載，這應該跟精靈毫無關係才對。

當然，倘若是性感的水之精靈溫蒂妮或妖豔的森之精靈多萊雅德，我倒是很想見見她們。

「不，我從來沒有見過精靈哦。」

「看不見？」

蜜雅露出非常詫異的表情。

原本以為是什麼尋常可見的東西，但詢問娜迪小姐後，她卻篤定表示：「能夠看見精靈的，就只有具備天賦『精靈視』的人。」

蜜雅就具備了那種名叫「精靈視」的天賦。由於店長並沒有這個天賦，所以想必不是所有精靈都看得見吧。

我幫忙娜迪小姐餵蜜雅喝水。

「吃得下東西嗎？」

「嗯。」

「我去煮點湯或是麥粥，請您暫時陪一下蜜雅好嗎？」

娜迪小姐很不好意思地這麼拜託，我於是爽快同意了。

直到樓下飄來麥粥的樸實香氣為止，我一直和蜜雅聊著精靈的話題打發時間。

當然，在沒有娜迪小姐這位優秀解說員的情況下，我是不可能從蜜雅的簡短回答當中得知精靈全貌的。

雖然很多都是像「軟綿綿」或「亮晶晶」這些擬態的發音，不過從幾個字眼中可以推測出精靈是一種「流過地脈，以魔素為媒介，具有屬性」的存在。

至於其他的收穫，就是獲得「精靈語」和「解讀暗號」的技能，以及被蜜雅黏著不放了。

精靈語是我詢問：「精靈語的『早安』怎麼說？」之後獲得的。「解讀暗號」就自然不用講了。

吃完麥粥後，蜜雅開始露出疲睏的表情。

「打擾這麼久真不好意思。我差不多該告辭了。」

「嗯。」

這麼告知後，我正要從床鋪邊的椅子起身，但卻被蜜雅緊緊抓住長袍的袖子阻止了。

「留下來。」

蜜雅看似很不安地懇求道。

嗯，那就陪到她睡著為止吧。

◆

「這個字是『椅子』呢——好，拿到第十張了——！」

「喵～」

「亞里沙太強了喲！」

「波奇、小玉，有空在那裡懊悔不如趕快用功吧。」

「亞里沙很強呢。」

門前旅館的中庭角落，可以聽見大家開心的聲音。

悠妮似乎也加入了我家那些孩子當中。

來到中庭不見人影，我於是循著雷達指示過去查看。她們聚集在樹籬笆陰影處的狹小場所裡看似在玩什麼遊戲。

面對彷彿撲克牌遊戲「神經衰弱」一般排列的紙牌，大夥圍成一個圓圈正在遊玩。

那是昨天白天購買的學習卡片嗎？

從大家的反應推測，規則應該是將文字面朝上，只要猜對上面寫了什麼字就可以獲得一張卡片。

其最優秀的地方在於，只要翻過背面的圖畫就可確認正確答案，所以就算大家都不認識字也能從中學習。

「妳們好像很開心的樣子。」

「是主人喲！」

「字～我們在學～？」

發現我從樹籬笆的陰影下探出臉，波奇和小玉立刻跑過來。

「看喲！」

「三張～？」

兩人拿出獲得的卡片，一臉希望我稱讚般抬頭望來。我於是回應兩人的期待，摸著她們的腦袋一邊稱讚：「很厲害哦。」

順便還確認一下卡片的內容。

「這是什麼的卡片？」

「這是『肉』喲！」

很遺憾，是山羊。

「這張又是什麼卡片呢？」

「那也是『肉』～？」

不對，是兔子。

我將目光望向大概已經聽出她們說錯的亞里沙。

「哎呀～她們信心滿滿地咬定說那是『肉』，我也不忍心說不對嘛。」

亞里沙苦笑著坦白道。

我接著教導這兩人正確的單字。

「不對喲？是山羊，也是肉喲。」

「喵～？是兔子，也是肉～？」

聽完我的解釋，兩人一臉困惑。

「那麼，這張卡片也不是『雞肉』而是『雞』嗎？」

莉薩看似傻眼地出示一張卡片。既然知道是「雞」的「肉」，那麼後面別加上「肉」不就好了嗎——像這種話我實在很難說出口。

有點能體會亞里沙的心情了。

我振作起精神，重頭教導她們每一張卡片單字的正確讀法。

「肉是什麼樣的字喲？」

「像這樣寫的。」

因為卡片裡沒有「肉」這個字，我於是手寫追加了一張。

∨獲得技能「繪畫」。

∨獲得技能「書寫」。

∨獲得技能「遊戲」。

才畫了一張收穫就如此豐碩。

另外，剛才在教波奇和小玉認字時還獲得了「教育」技能。這個看起來很有用，所以先將技能等級提昇至最大吧。

對了，下次先想想可能會獲得技能的事情並記錄下來，找時間舉辦技能獲得大賽好了。

製作卡片的期間一邊閒聊，我才意外得知亞里沙似乎也不會讀寫希嘉國語文字。

「在我的國家裡，男尊女卑的觀念非常強烈。即使身為王族，也說我根本就沒有必要學習認字，完全找不到人教。為了看懂魔法書之類的書籍，於是我都潛入哥哥他們的課堂裡學習通用語的讀寫。」

雖然平時的言行很破壞形象，不過亞里沙還真是個勞碌命。

「所以像這種卡片，只要三天我就能全部記住了哦！」

這麼發下豪語的她，一百張卡片當中似乎早就記住了三十張。

「好厲害。有什麼訣竅嗎？」

「就是把文字當成圖畫記憶啊。不妨先從感興趣的字開始如何？」

連一張都還沒記住的悠妮，這時向亞里沙請教祕訣何在。

「啊，悠妮妳在這裡啊！」

瑪莎「沙沙」地撥開樹籬笆走了過來。見對方頭髮被籬笆細枝鉤住的惱人模樣，我於是幫忙她解開。

亞里沙興奮地撐開鼻翼，嘴裡喃喃唸著：「雖然不是瑞香花，不過這樣也行。」之類莫名其妙的內容。大概是亞里沙在前世看過的某漫畫橋段吧？

瑪莎的出現讓悠妮看起來有些尷尬。

說到這個，悠妮現在還是上班時間呢。

「對不起，瑪莎小姐。」

「真是的，一直都那麼像個小孩子。好了，我來幫妳的忙，在準備午餐之前要先打掃馬房和更換乾草哦。」

瑪莎輕聲斥責悠妮，然後捲起袖子鼓足幹勁，準備幫忙彌補這位小妹妹的失誤。

「那……那個，已經都做好了。」

「咦？」

悠妮看似很抱歉地這麼告知，目光向上望來觀察瑪莎的反應。

「其實是波奇和小玉她們幫忙我做的。」

似乎是因為兩人幫忙使得工作提早結束，所以她才能一起在這裡玩。

「一鼓作氣『耶！呀——』提水了喲！」

「還照顧了馬～？」

兩人配合肢體語言講述著幫忙了哪些事情。

我摸摸幫忙做事的波奇和小玉兩人的腦袋，一邊誇獎：「真是了不起。」小玉主動將腦袋靠上來不斷摩擦。波奇則是乖乖地讓我撫摸，但左右快速擺動的尾巴就彷彿要甩掉似的。

到頭來，在叮嚀過悠妮工作完成一定要報告之後，瑪莎也跟著站在後面觀看卡片遊戲。

◆

「午安！我叫亞里沙。」

「波奇喲！」

「小玉～」

三位小女孩打開蜜雅的房門後便開始自我介紹。

或許是對亞里沙她們跑上樓梯的聲音感到害怕，蜜雅將棉被蓋至頭上，透過縫隙觀察外面。

吃午餐的時候，我告訴大家今天探望的並非只有鼠人，包括「鼠人騎士所保護的公主」也在一起。由於大家聽完後表示想去看看，所以就帶她們過來了。

這樣一來，蜜雅不但可以排解寂寞，娜迪小姐也得以脫離照顧小孩子和看護的工作鬆一口氣。

當然，不光是這些孩子，我也帶了莉薩和露露過來。兩人正在一樓幫忙娜迪小姐。或許是今天早上給她的藥很有效，露露可以正常地吃午餐，氣色也變好了。

「嗯，蜜雅。」

蜜雅很難為情地露出兩隻眼睛，向亞里沙她們回以超簡短的自我介紹。

見到蜜雅靦腆害羞的表情，我難掩驚訝之色。

蜜雅原本銀色的眼眸竟然變成了漂亮的翡翠綠顏色。

由於不可能換了另一個人，所以大概是因為使用「精靈視」等技能時會造成眼睛顏色的變化吧？

「什麼！」

「是公主喲！」

「漂亮的頭髮～？」

儘管理由和我不同，亞里沙見到蜜雅的臉也是驚訝得說不出話。

她大概跟娜迪小姐一樣都誤會了吧。比較意外的是，波奇和小玉一點也不吃驚。

「等一下，不是老鼠的公主嗎？」

「不對，我是說『鼠人騎士所保護的』公主吧？」

我糾正了亞里沙的誤解。其實當初想要惡作劇一下，我才會故意用這種誤導她的方式來形容。

不過隔著棉被，「能力鑑定」似乎看不出對方是精靈的樣子。看來跟我的主選單或ＡＲ顯示不同，她一定要透過目視才能鑑定。

或許是多虧了落落大方的亞里沙，波奇和小玉也很快就和蜜雅混熟了。

「我到樓下一趟。蜜雅交給妳們照顧了。」

「ＯＫ～」

「是喲！」

「遵命～？」

「姆。」

我那些孩子們很爽快地答應，蜜雅卻發出不滿的哼聲。她從棉被底下伸出手，抓住我長袍的下襬，在我表示立刻回來之後才終於肯放開。

為何會這麼黏著我呢？

在樓下，娜迪小姐正在狼吞虎嚥地用餐。

「真是得救了。我早上才吃了一點麥粥而已。」

吃完只有黑麵包和湯的簡易餐點後，她一臉滿足地享用著露露沖泡的淡香草茶。

說是香草茶比較好聽，其實只是在白開水裡放入添加香味的葉子而已。雖然不像薄荷那樣，但餘味十分清爽。而且相當便宜，一枚劣幣似乎可以購買一整袋的葉子。

「我記得佐藤先生您應該是旅行商人吧？」

喝了一口香草茶，娜迪小姐緩緩開口詢問。

話說回來，我的身分的確是這麼設定。由於抵達聖留市之後從來沒有做過任何像個商人的舉動，所以我有些良心不安地承認道。

「您有馬車嗎？」

「不，以前帶著一匹馱馬，不過被那次的『星降』嚇跑了。」

記得當初是向伊歐娜小姐編了這樣的一個說詞。

「真是無妄之災呢。倘若資金充裕，要不要買一台馬車呢？」

帶著憂心的表情，她突然提出這個建議。

似乎是因為店長認識的商人準備退休，所以要把馬車和兩匹拉車用的馬一併賣掉。

這一帶觀光結束後，我本來就考慮帶著獸娘們前往她們能夠安心居住的土地，所以馬車的提議算是一陣及時雨。不過其中有個問題。

「難得有這個機會，不過我沒有駕駛馬車的經驗——」

我有普通汽車的駕照，但馬車就從來沒駕駛過了。

是要拒絕？還是進一步請對方再介紹可以教我駕車的人？我猶豫著陷入沉默。

忽然間，我發現露露似乎想說些什麼，於是便主動開口：

「露露，想說什麼不要客氣，儘管說出來吧。」

「那……那個，我駕駛過一匹馬拉著的馬車。」

儘管中間結巴好幾次，她仍努力地組織語言告訴我自己能做的事情。

「那麼，就讓露露教我怎麼駕車吧。娜迪小姐，事情就是這樣，我買下了。」

「立刻就決定了呢。不過，佐藤先生您不先問問價格嗎？」

糟糕，由於儲倉裡有大量的金幣，所以不自覺變得大方了。

我瞥了一眼經過門前廣場的馬車，開始確認市場價格。我還真喜歡作弊呢。

「這點我信任娜迪小姐哦。只要預算能控制在這個程度以內就沒有問題。剩下的金額就當作娜迪小姐的報酬吧。」

我模仿以前電影裡各懷鬼胎的商人表情，將裝有金幣的小袋子放在娜迪小姐手中。

由於在市場價格之上追加了兩枚金幣，若不是賺得太凶應該沒問題才對。

倘若這樣仍交涉破裂，就輪到我的「交涉」技能或「殺價」技能出馬了。

「究竟是什麼時候……」

娜迪小姐儘管感到不解，還是在清點了金幣的數量後開給我一張保管證明。

手法太過俐落，反而給她不自然的感覺嗎。早知道就不要在儲倉內把金幣放進小袋子裡，而是先敲定金額日後再付款給她就好。

嗯，反省結束。下次注意一點吧。

◆

「旅行之前先來練習一下露營吧！」

就因為亞里沙的這麼一句話，大家便決定在西街的空地上練習露營。

地點是位於西街的一處空地，娜迪小姐幫忙向負責人徵得了同意。儘管平時似乎可以直接使用，但由於這次要生火，所以為了保險起見還是先知會一下。

空地長滿雜草，於是我們在附近的五金店購買割草鐮刀，先從建立練習場地開始做起。

亞里沙、露露和莉薩三人，我則是請她們去購買欠缺的用品和使用於露營練習的食材。

「割草～？」

「包在我們身上喲！」

波奇和小玉開開心心地開始割草。

我也跟這兩人一起割草，然後將雜草集中堆在一處。用來製作臨時爐灶的地方不能割掉，而是要連根拔起，讓泥土暴露出來。

我接著利用波奇和小玉收集來的石頭堆出爐灶。雖然是憑藉學生時代露營的記憶製作，但還挺像一回事。

由於採購組回來之前都很空閒，於是我跟波奇和小玉一起躺在雜草床鋪上眺望天空的浮雲。

作業中不斷有技能取得的記錄顯示，我便乘機加以確認。獲得的技能比我想像中還要多。有「割草」、「耕作」、「開拓」、「採集」、「石工」、「露營」這六種。

露營是我原以為早就應該獲得的技能。看來光是睡在迷宮的地板或是把帳棚掛在岩石上睡覺是不行的。條件實在不是很清楚。

「久等了，我們買回來了。」

由亞里沙領頭，莉薩和露露她們都回來了。

莉薩調整臨時爐灶，在鍋子下方生火。水似乎是來到這裡之前就已經打好。

「嘿嘿，你看你看！」

亞里沙得意洋洋地向我出示一只笛音壺。

在沒有瓦斯爐的世界裡，這或許就是「燒水壺」了。雖然不知是不是買了戶外用的型號，但似乎和鍋子一樣是吊在棍子上加熱的類型。

露露放入熬煮用的茶葉，然後將燒水壺掛在剛才的鍋子旁邊。

今天的菜單似乎是切好的三種根莖類蔬菜和肉乾一起燉煮而成的燉湯和黑麵包。

白麵包好像要到內牆的另一端才能夠買到。由於目前我對黑麵包沒有什麼不滿，所以直到吃膩之前應該都用不著特地遠征購買。

今天的莉薩把長槍換成菜刀，扮演起主廚的角色。露露幫忙做些削皮之類的事，亞里沙則是負責從旁加油。看著燒水壺的任務交給了波奇和小玉兩人。

我前去回收位於空地一角的樹木殘根，準備作為餐桌之用。

由於沒人看見，我用蠻力將整株殘根拔出。透過異常的力量值，才得以實現這種只有重機具辦得到的行為。

至於浮出地面的粗大根部，我用從赤盔那裡保管的魔法柴刀予以砍除。

笛音壺的嗶嗶聲傳來。

不知為何，波奇和小玉並未將燒水壺從火源上移開，而是往我這邊跑來。

「燒水壺生氣了～？」

「救命喲！燒水壺的人生氣了喲。」

燒水壺的「人」……

波奇和小玉似乎是第一次見到笛音壺，所以被蒸氣吹響的笛音嚇到了。

「那只是用笛音告訴我們『水已經沸騰了哦』。」

「沒有生氣～？」

「為什麼沸騰會嗶嗶叫喲？」

我教導這兩人關於蒸氣的原理，但她們一直聽不懂。

「那還用說嗎？這又不是在教理組的學生。居然告訴她們水汽化之後體積會變成一千倍，怎麼可能聽得懂嘛。」

妳錯了，亞里沙。是一六九九倍。

亞里沙當然並未聽見我心裡的抗議，逕自掀起茶壺的蓋子然後輕輕放在上面。

「看好了。」

茶壺的蓋子因蒸氣而「喀喀」地顫動。

「水變熱的話，就會冒出像這種白煙。因為這種煙的力量很大，就會推動輕輕的蓋子了。」

亞里沙割下附近的雜草製作水車。這時應該叫風車才對吧。

她將風車放在蒸氣上方使其旋轉，然後自己也吹氣帶動葉片。

「就跟人吹氣是一樣的。蒸氣在吹氣，所以才會發出笛音哦。」

「亞里沙好厲害～」

「都聽懂了喲！」

雖然有些不甘心，但亞里沙的解說似乎讓兩人聽懂了。

要是能使用水魔法，我真想開發一種將水汽化後颳飛敵人或是作為牆壁的魔法。雖然很有可能已經存在了。

用完餐後正在休息之際，我察覺雷達上的光點並回頭觀望。

對上我的目光，三名犬人和貓人的小孩子都停下腳步。那布偶般的外表令我十分眼熟。

「雞漏串的，灰禮。」

「雞漏串，謝謝。」

「很好妻。」

獸人小孩們紛紛鞠躬哈腰地向我道謝，並在我坐下的殘根上擺放一片充當盤子的葉片，裡面則是放滿了堅果。

「這是？」

「點心——」

是回禮的意思嗎？

波奇和小玉這時跑了過來。

亞里沙和露露在莉薩的護衛之下外出購買飯後甜點用的水果，所以不在這裡。

「禁止野蠻～？」

「不可以欺負主人喲！」

看來她們以為我被這些孩子襲擊，於是採取迎敵架勢。

「不是的，這些孩子帶著堅果來答謝我上次的雞肉串。」

聽到我的話，波奇和小玉才解除迎敵架勢。

「這是米櫧的果實喲！非常好吃喲！」

「這個是枸杞～？這個也很好吃～」

兩人拿起盤子上的堅果，告訴我分別叫什麼名稱。

「遮個是，遮個人的。」

或許是對波奇和小玉擅自在盤子裡拿東西感到不愉快，孩子們發出了抗議聲。

既然是他們的一片心意，我自然希望收下。不過就我之前從波奇和小玉口中聽到的情況來看，這豈不是這些孩子們的寶貴糧食嗎？

——對了，就同樣回禮給他們吧。

要是早一點來，就有燉湯和麵包了。

既然肉乾還剩下兩公斤左右，統統都送給他們好了。

「謝謝你們，我收下了。」

我用手帕將堅果包起來，收入「萬納背包」裡。

見到這一幕的孩子們帶著心滿意足的笑容正要回去之際，我叫住了他們。

「有件事要拜託你們。」

「什麼，系？」

「這些肉太多吃不完，能不能幫忙帶回去呢？」

察覺波奇和小玉想要開口，我神速地塞住她們的嘴巴。

大概是想說不管有多少肉都吃得下吧。

「口以，嗎？」

「嗯，算是幫我一個大忙。」

我假裝沒看到波奇和小玉投來的抗議目光。

孩子們小心翼翼抱著油紙包裹的肉乾走回去，我則是揮手目送著他們離開。

順帶一提，波奇和小玉在中途似乎發現用腦袋摩擦我的腹部相當有趣，於是直到亞里沙她們回來為止都很開心地鑽來鑽去。

◆

打著練習露營名義的野餐結束，回去的路上我前往一趟萬事通屋，在購買馬車的手續文件寫下必要的事項。

在娜迪小姐的仲介之下，購買手續當日生效，後天的中午便交貨完畢。速度真是迅速。

在辦理購買馬車的手續時，亞里沙主動提議將蜜雅送回精靈的村落。

據娜迪小姐所言，精靈村落位於公都的東南方，所以在參觀完公都之後再前往就可以了。

試著向蜜雅本人提出這個建議後，她也很感興趣。更何況我也想親眼看看精靈的村落，所以便敲定等店長返回聖留市後找他商量一下。畢竟這種事情還是需要家長的同意呢。

儘管這麼決定了，店長卻還未回到聖留市。

原本預計是在昨天傍晚或今天早上就該回來的……

不過超喜歡店長的娜迪小姐似乎並不怎麼擔心，所以應該不要緊吧。

那麼，關於馬車。剛結束了剛才在萬事通屋前的亮相和試乘會後，我和露露便來到聖留市外面進行駕車的訓練。

「今天天氣也很好呢。」

「……是的，沒有錯呢。」

我選擇普通的話題和她交談，但露露的表情依舊生硬。

或許是兩人獨處的緣故，露露緊張得肩膀過度用力。這份緊張大概也傳染了馬匹，從剛才就顯得呼吸急促，一副靜不下來的樣子。

「用不著那麼緊張。像亞里沙——不至於要像她那麼誇張，學波奇和小玉那樣輕鬆相處就可以了。」

「怎麼可以……我是奴隸，這樣太惶恐了。」

露露用細不可聞的聲音回答。要改變她的意識，看來還需要多一點時間。

首先讓她做個深呼吸以化解緊張吧。

「露露，妳深吸一口氣——」

我從露露手中接過韁繩，一邊這麼下達指示。既然要化解緊張，就連身體也一起放鬆會比較好，於是我教她以前在職場裡偶爾會進行的坐姿伸展操。

或許是變年輕的緣故，來到這裡後我就跟肩膀痠痛無緣，所以一次也沒有做過。

「稍微冷靜點了嗎？難得有這個機會，我們來閒聊一下吧。」

我將目光露露身上移開望向流動的白雲，一邊注意維持悠閒的語調開始閒聊。

緊張多少舒緩了一些，但露露依舊只會使用「是」或「沒錯」等簡短的回答。

話說回來，露露好像不善於和男性相處呢。

據亞里沙所言，她從小就遭受堂兄弟或鄰近家庭孩子們近乎霸凌的對待，所以這也不能怪她了。

既然不擅長聊天，那麼最好的方法就是讓這種人開口暢談她想說的事情。

倘若是值得自豪的事情或關於喜歡的事物，她應該就會說溜嘴了。

畢竟包括我自己和那些宅男朋友也都是這樣。

好了，該挑選什麼話題好呢？

稍稍思考後，我決定將亞里沙作為話題。

「——就是這樣！亞里沙真的很厲害哦！」

看來這個方針是正確的。

一談到亞里沙，露露就顯得非常開心。

眼睛閃閃發亮，臉頰也微微泛紅。本來就擁有一張美少女臉龐的她，此刻的美少女度更是上昇不少。

好像一不小心就會墜入危險的世界裡，真是可怕。

「妳真的很喜歡妳妹妹呢。」

「是的！雖然偶爾會分不清誰才是姊姊。」

「的確，實在不像個十一歲的女孩子。」

「因為亞里沙從小就是個天才。」

與其說天才，她只是擁有前世的知識罷了。難道這點沒向露露透露嗎？

嗯，也罷。反正機會難得，就繼續開拓話題吧。

「例如是怎麼樣的呢？」

「比方說——」

雖然加裝了凡事都對亞里沙讚不絕口的濾鏡，但我並未貿然加以訂正或出言否定，總之就是讓露露暢所欲言。

或許是好久沒說這麼多話，見她咳嗽幾聲按住喉嚨，我便將水袋遞過去。

在那之後直到接近中午這段期間，我一直傾聽露露很開心地講述她對於亞里沙的自豪之情。

我抬頭望向遠方的閃電，只見深色的烏雲已經擴散至山的另一端。

雖然看來至少幾個小時內不會下雨，但還是在這之前完成當初的目的吧。

「差不多該開始練習駕車了吧？」

「是的！對不起，都怪我一直說亞里沙的事情……」

安撫了因說得太起勁而感到不好意思的露露，我們便開始學習駕車。

當然，在按照露露的指導讓馬車前進的那一刻——

＞獲得技能「駕車」。

＞獲得稱號「馭手」。

級。

——技能就像這樣子到手了。我按照教學的難易階段逐步分配技能點數以提昇技能等

之所以不一口氣提昇至MAX，主要是顧慮到露露這位教練的感受，還有就是為了花更多時間獨處以促進雙方的溝通關係。

透過閒聊順便學習一下關於駕車的普通常識也很重要。

駕車的細節本身雖然有「駕車」技能會指導我，但卻並未教會我為什麼需要這樣駕駛的理由。

於是這方面便仰賴露露幫我補充完整。

話雖如此，露露似乎也只有過在大街上駕車的經驗，所以在啟程之前還是先找個老練的馭手幫我上一課吧。

每當閃電在遠處轟隆隆地咆哮，我和身旁露露的距離就愈來愈近。

露露大概也很怕打雷吧。

剛才山的另一端閃過一道白光後，她便發出短促的悲鳴緊緊抓住我的手臂。

換成是亞里沙她們，總覺得聽到打雷聲後反而會跑去看熱鬧。

忽然間，我感覺附近的森林裡投來視線，於是便轉頭望去。

那裡沒有半個人影，雷達上也未出現可疑的陰影。只有小動物或鳥類——不對，還有貓頭鷹。

閃電再度亮起，以烏雲為背景，貓頭鷹在逆光的照耀下浮現詭異的輪廓。

總覺得貓頭鷹對上了我的目光。但或許是對我們失去興趣，貓頭鷹最後停留在進入聖留市的馬車車頂就這樣離開了。

「那……那個，主人？」

大概是發現我不發一語，又讓露露感到不安了。

難得可以融洽地聊天，這樣一來就枉費我忍耐那些對亞里沙的歌頌了。

「抱歉，我看見樹林中有一隻大鳥，所以覺得很在意。」

「是老鷹嗎？」

「不，形狀更圓一點，大概是貓頭鷹吧？」

我隨便編了一個藉口，將變得微妙的氣氛再次弄得輕鬆點。

◆

進入市內，來到萬事通屋的前方，眼尖的小玉從二樓窗戶看到我們後立刻朝這邊揮手。

本來我也想對她揮手，但她隨即將臉隱沒進窗戶的另一端，使得我不知該將舉起的手擺在哪裡才好。

面對竊笑的露露，我尷尬地下達指示，讓她將馬車開往門前旅館。

嗯，看來真的解除戒心，真是太好了。

「主人～？」

「歡迎回來喲！」

我接住了彷彿要跌倒般跑來的波奇和小玉。在她們身後是亞里沙，以及在莉薩陪同之下的蜜雅。

「佐藤。」

「嗨，蜜雅。妳可以外出走動了嗎？」

「嗯，魔法藥。」

「似乎多虧了店長拿來的魔法藥。我還是第一次見到，魔法藥真厲害呢。」

亞里沙幫蜜雅補充說明不足的語意。

確認地圖後，店長就在萬事通屋的二樓。看來就在我們出去的同時，店長也剛好返回聖留市了。

「看妳恢復精神真是太好了。」

「嗯，感謝。」

蜜雅似乎想說些什麼。對此看不下去的亞里沙於是站在蜜雅的身後偷偷指著她的腦袋。

蜜雅今天的髮型和平時不同。平常總是隨意向後垂下的頭髮，如今變成了兩邊綁起的雙馬尾髮型。

看樣子，應該是希望我能稱讚吧。

「很可愛的髮型呢。非常適合妳哦。」

「嗯。」

聽見我這麼誇獎，蜜雅有些難為情地小聲回應。

亞里沙這時提議弄些好吃的東西來慶祝蜜雅康復，於是我詢問她本人有沒有什麼要求。

「蜂蜜點心。」

想不到她會立刻回答，我的反應因此慢了一拍。

或許是當成我在拒絕，亞里沙於是幫忙補充道：

「聽說了之前波奇和小玉吃的蜂蜜點心，她好像很感興趣的樣子。」

「莉薩也吃了喲！」

「甜甜的，幸福的味道～」

或許是回想起當時的滋味，波奇和小玉都用手貼著臉頰一副幸福的表情。

「可以的話，我也希望讓蜜雅她們品嚐一番。」

原來如此。把蜜雅當作擋箭牌，其實是亞里沙她自己想吃吧。

由於並不是什麼昂貴的東西，我便交給露露和莉薩幾枚銀幣，讓她們去購買份量比在場人數更多一些的點心。

雖然也可以讓亞里沙她們去，但考慮到剛痊癒的蜜雅可能也會跟過去，我於是就拜託這兩人了。

忽然間，小玉抬頭望向門前旅館的屋頂。

「怎麼了喲？」

「喵～那隻鳥怪怪的～？」

見到停留在屋頂最高處的貓頭鷹，小玉傾頭不解道。

——是剛才和露露練習駕馬車時看到的那隻？

在我們的注視之下，貓頭鷹又飛到別處了。

「午安，娜迪小姐。店長在嗎？」

「哎呀，歡迎回來，佐藤先生。店長正在米澤先生那裡哦。」

米澤是誰——啊啊，想起來了。就是赤盔嗎。

我向娜迪小姐道謝，然後前往二樓。

孩子們在一樓的沙發組桌上開始攤開學習卡片。她們就這麼喜歡這個遊戲嗎？

由於天氣看似快要下雨，店內沒有其他客人，但我仍吩咐他們不要打擾到娜迪小姐。

輕輕敲門後，我進入房間。

若是女性或思春期男生的房間，我會等待回應後再進入，但既然是大叔們的房間應該等一下子就能進去了。

見到我進入室內，店長微微舉手表示歡迎。

「佐藤。」

「佐藤？泥是窩的救命恩人——」

我接受了赤盔的感謝。發音之所以不太標準並非受傷的緣故，而是和之前遇見的犬人族孩子們一樣都是嘴巴構造上的問題。

我試著詢問赤盔被「逼近的影子」襲擊，以及蜜雅被帶走一事。

當然，我也知道自己改不了這種愛湊熱鬧的好奇個性，所以要是兩人拒絕的話我便打算就這樣罷手。但他們卻解釋得出奇詳細。

蜜雅在故鄉精靈之村被魔法師擄走，綁架至名為「搖籃」的設施裡。而透過設施的轉移功能逃出的蜜雅在偶然之下被赤盔所救，為了投靠店長便來到這個聖留市——這些事情他們都告訴了我。

至於剛好在場的理由，赤盔表示是為了調查發生在其村落附近山中的植物枯死現象是否為「搖籃」所導致。

至於將種族上看似毫無接觸點的蜜雅稱呼為公主，似乎是赤盔年輕時在精靈之村進行武者遊歷時所養成的習慣。

魔法師擄走蜜雅的原因仍舊不明。店長看似知道些什麼，但既然沒有開口的意願就予以無視了。

然後，在魔法師手下的大牙蟻和大羽蟻的追殺之下，他靠著以前交易過的黑社會人士指引而成功潛入了市內。

襲擊聖留市的大羽蟻，原來是那個魔法師派來的嗎？

另外，交易品項目似乎是部落附近所能採集到的岩鹽。

——對了，必須跟店長討論一下將蜜雅送回故鄉的事情。

「店長，其實——」

彷彿要打斷我剛開口的聲音，窗外的雷鳴和娜迪小姐她們自樓下傳來的悲鳴一併敲擊耳朵。

「娜迪！」

店長以敏捷的動作飛奔出房間。

我急忙追上。後方的赤盔也一起追趕。

來到樓下後，我們見到的是相互抱在一起的娜迪小姐和小女孩們。

「怎麼了？」

「店……店長……」

赤盔壓低身子，用銳利的目光望向店鋪入口戒備著。

然而，我的雷達上完全沒有出現敵蹤。

被波奇和小玉左右抱住的亞里沙看似喘不過氣，此時敲打兩人的背部喊著：「棄權棄權。」除此以外並沒有什麼太大的問題。

乘亞里沙還未窒息之前，我將波奇和小玉從她身上剝開。

「到底怎麼回事——」

落雷蓋過我的聲音。

緊接著，原本一滴滴下著的小雨轉眼間化為豪雨，形成一片灰色的布簾蓋住整個屋外的景色。

我以身上掛滿小女孩的狀態坐進沙發，同時理解了剛才那聲悲鳴的意義。

娜迪小姐和這些孩子好像只是害怕打雷而尖叫罷了。

店長用魔法在室內點亮照明。

那道光輝，照亮了抱住店長的娜迪小姐臉上既畏懼又看似幸福的表情。我在心中默唸著詛咒：「現充爆炸吧！」同時對他們投以苦笑。

抱住我左右手臂的亞里沙和蜜雅，以及伸出爪子在我大腿上縮成一團的小玉她們還好辦，但拚命抱住我臉部正面的波奇就讓我有些難受了。抓頭髮是很痛的，快住手吧。

我抱起波奇，讓她和小玉一起坐在我大腿上。

「打……打雷的人好可怕喲！」

「亮亮的，轟隆隆～」

「會變得黑漆漆喲！」

「樹木變成兩半～？」

有些陷入恐慌狀態的波奇和小玉揮動手臂，淚眼汪汪地向我哭訴著打雷的恐怖。真有那麼可怕嗎？

比起這個──

「打雷很危險，很危險哦？雅潔說，龍被雷打到也會墜落，會墜落的。真的哦？」

——這麼向我訴說的人，妳是誰啊？

之前的沉默寡言就彷彿作夢一樣，蜜雅像機關槍一般講了一大串。

這個名字沒聽過，所謂的雅潔該不會是蜜雅的母親吧？

「所以，亞里沙妳也怕打雷嗎？」

「……不……不行嗎？」

原來嚇得結巴了嗎。亞里沙滿臉蒼白，鑽進我的手臂下方緊緊抱過來。

最初還在提防這是她平常的性騷擾舉動，但由於每次打雷身體都會猛然一僵，所以大概是冤枉她了。

抱在我胸前的小玉，這時僅僅扭動脖子注視著屋外的大雨。

我詢問小玉：「怎麼了？」但聲音卻被更大的雷聲所蓋過。

在落雷的閃光照耀下，隱約可看見一個小影子。雷達上也顯示出接近中的光點。

穿過豪雨的布幕，大隻的貓頭鷹「嘩啦」一聲降落在櫃台上。

——是剛才的貓頭鷹。來躲雨的嗎？

其圓滾的眼眸捕捉著蜜雅的身影。

ＡＲ顯示告訴我關於貓頭鷹的詳情。似乎是一種名叫「影梟」的貓頭鷹。好像跟遇見赤盔之前所看到的貓頭鷹是同一種類。

這點倒是無所謂，但其稱號卻是「賽恩的使魔」。活生生的「使魔」，還真有奇幻風格。

不過說到使魔，就是魔法師所使役的手下。

既然如此，操控這隻貓頭鷹的主人，很有可能就是擄走蜜雅的魔法師了。

而魔法師的名字大概就叫「賽恩」吧。

話說回來，好像在哪聽過這名字——啊啊，是我和潔娜她們一起觀賞的戲劇主角名。那齣悲戀劇好像是改編自真實故事，會是巧合嗎？畢竟劇中主角魔法師賽恩已經如故事所述那樣被處決了才對。

我將這些無益的資訊甩出腦中。

如今得優先對付這隻使魔才行。我用地圖搜尋過隱藏於其背後的魔法師，但不僅整個聖留市，甚至包括整個伯爵領內都不存在。

——究竟是從哪裡操控的？

總之先抓住這個使魔吧。

畢竟若不先拿下魔法師的耳目，很難保證不會像之前那樣再派遣魔物過來。

我注視著貓頭鷹，一邊將大腿上的波奇和小玉分別交給左右邊的亞里沙和蜜雅，然後自沙發起身將四人保護在身後。

魔法的照明在貓頭鷹的背後拉出長長的影子。

當「那傢伙」從雨中影子彷彿湧出一般現身的瞬間，一切的事物都猶如結凍那樣停止活動。

——恐懼。

沒錯，那傢伙是恐懼實體化之後的存在。

我們甚至忘記眨眼，只是一味被恐懼所吞噬。就連對抗的念頭也未曾興起。

發出悲鳴，然後狼狽地逃走——之所以沒有這麼做，是出於僅剩不多的自尊心和保護他人的欲望。保護在身後的小女孩們，是她們的存在讓我維繫了理智。

剎那間的空白後，恐懼稍稍淡化了些。

——是亞里沙的精神魔法嗎？

些許的理智讓我得以開啟主選單。

心中痛罵著彷彿老舊電腦般的遲鈍反應，我一邊開啟技能標籤，捲動至欲選擇的技能。

歷經極度漫長的體感時間後，我找到了那個。

——恐懼抗性技能。

透過思考操控，將「無效」切換至「有效」的瞬間——時間開始動了。

思考清晰得令人驚訝。

猶如退潮一般，狹窄的視野逐漸變得開闊。

剛才聽不見的雨聲也回來了。

原以為已經過了幾十分鐘，但距離那傢伙出現之後其實還不到零點一秒的時間。

其證據就是，那傢伙仍在從貓頭鷹的影子裡現身當中。

剛才彷彿巨人那樣高大的對手，如今已經知道才比我稍高一些。

是個身穿骯髒褐色長袍，駝著背的男人。由於兜帽蓋至眼睛處，所以看不見長相。

不同於飛來的貓頭鷹，這傢伙剛剛才出現在這裡。

簡直就像真的從影子裡冒出一樣，雷達上出現了白色的光點，而如今卻變成紅色光點了。

儘管不清楚種類為何，但恐怕是魔法。

我的目光望向那傢伙身旁的ＡＲ顯示。

名字是賽恩，等級四十一，相當高。技能——「不明」。

我有不好的預感。莫非對方是亞里沙或勇者的同類？

資訊還未整個看完，向前踏出一步的魔法師賽恩便斜視著我們，目光停留在蜜雅身上。

或許是錯覺，剛才的一瞬間是不是曾停留在我和亞里沙身上？

「我來接妳了哦，蜜雅。」

聽見這個猶如地獄深處爬出的死者般聲音，我感覺保護在身後的蜜雅猛然顫抖身子，然後緊緊抓住了衣袖。

這個男人無疑就是擄走蜜雅的魔法師了。

其長袍底下彷彿在拒絕魔法光源一般依舊黑漆漆的。唯獨可見兩團熾火般的紫色小火焰。

代替嚇得無法出聲的蜜雅，我決定主動站出來應對：

「初次見面，魔法師先生。我是個商人，名叫佐藤。」

「哼，我要找的可不是商人哦。」

賽恩倨傲地丟出這句話。

「不過，真不愧是勇者的後裔。籠罩在我的恐怖下竟然還能淡然交談，真是令人驚嘆。」

——誰是勇者的末裔。

倘若是從我的黑頭髮和名字這麼判斷，這傢伙的真正身分果然是……

「我本來就想放你一馬，要是兵刃相向就不客氣囉？」

這是為了證明那句話所做的展示嗎。賽恩將手放在木頭製的櫃台，整個櫃台眼看就從該處逐漸變色，然後乾枯腐朽。

不知是魔法或魔法道具的作用，但被那傢伙摸到確實很危險。我有「腐敗抗性」技能所以暫時還能支撐，但可不想特地去嘗試看看。

對付魔法師的時候，在遊戲中必須要戒備對方的範圍攻擊魔法，不過既然對方的目的是擄走蜜雅，不用戒備應該也沒關係吧。

「我很希望能避免糾紛，不過蜜雅是我的友人。違背她本人意願的強搶行為，我是不能坐視不理的。」

「要是讓你一隻手像這桌子一樣腐爛，還能說出這種大話嗎？」

賽恩通過腐爛的桌子中間，往這邊踏出了一步。

「您無論如何都不肯收手嗎？」

「真是蠢問題。想保護蜜雅的話就展現出你的英勇。我的瘋狂可不是光靠言語就能制止的哦。」

那麼，就如你所願吧。

我留意不去踩穿石地板，對準那傢伙的腹腔神經叢釋放出一擊必倒的打擊。

漫畫裡見到的中國拳法招式，其想像由「格鬥」技能替我實現了。

由於用力太猛會演變成一擊必殺，所以我還配合「綁架」技能所帶來的感覺控制了力道。

——好輕。

儘管並非擊穿身體的一擊，而是在觸碰體表後的一點點距離便停下，但這麼輕的觸感實在很不正常。

目光望去，我見到的是自己的拳頭擊穿了賽恩半透明化的身體。

「什麼？」

就在錯愕之際，某物抓住我的腳踝，然後瞬間向上抬起。

上下顛倒的視野。多虧了「立體機動」技能的輔助，三半規管未發出悲鳴而能夠正常環視四周。

將我抓起來的巨人，其實體居然是賽恩影子所延伸出來的無數根黑色觸手。

——這傢伙會操控影子嗎？

雖然看不出有哪裡受傷的樣子，但被抓住的腳踝仍傳來火辣辣的感覺。

我或亞里沙都是一樣，無詠唱的魔法就是棘手在無法事先被察覺。

＞獲得技能「影魔法」。

＞獲得技能「影抗性」。

影抗性技能是什麼？雖然很想這麼吐槽，但如今並不是這種場合。我決定將點數分配給影抗性，藉此提昇對這種荒唐魔法的抵抗力。

或許是影抗性技能奏效，腳踝的麻痺感消失了。

「我很驚訝哦。難道是假扮成商人的格鬥家嗎？那種等級居然能做出如此敏捷的動作，看來這個世界比我所想的還要大哦。」

「我也想不到居然會有操控影子的魔法師，這下算扯平啦。」

用敬語和敵對的人交談實在很愚蠢，於是我換上隨意的口吻。

交流欄的等級顯示弄得太低，像這種時候就會被人看不起嗎？好處雖然是可以讓敵人掉以輕心，但現在根本就沒那個必要了吧……

「那副模樣竟然還敢嘴硬。實在佩服哦。」

賽恩身旁揚起新的影子，製作出拳頭。

要是被打中應該會很痛。我於是將手伸進長袍的口袋裡，打算從儲倉中取出魔法槍。

「別碰我的主人────！」

亞里沙自暴自棄般擠出聲音。在此同時，身體右側產生了某種被拉扯般的觸感。

據記錄顯示，她似乎使用了名為「精神衝擊波」的精神魔法。

雖然只有一瞬間，賽恩卻是踉蹌地後退了一步。

但那傢伙的體力值和精力值都毫無變化，僅有些許的擊退效果吧。

兜帽自後仰的頭部鬆開，賽恩的臉暴露在照明之下。

——那張臉是白骨。

空蕩蕩的眼窩深處，紫色火焰取代了眼珠坐鎮於其中。

倘若沒有恐懼抗性，我或許早就叫出聲音了。

我繼續瀏覽剛才被打斷的賽恩狀態明細。

「……幽鬼？」

娜迪小姐嘶啞的聲音傳來。

看樣子，好像是亞里沙在剛才的攻擊前使用了「去除恐懼」魔法，解除掉大家的狀態異常。

娜迪小姐的推測可說很合理，但對方並非那麼簡單的對手。

「別把我跟那種下級不死魔物混為一談。實在有些不愉快哦。」

賽恩很不快地瞪著娜迪小姐。

然後將原本鎖定我的影子拳朝娜迪小姐擊出。

我在空中扭動身子，用儲倉中取出的魔法槍迎擊拳頭。

魔法子彈成功擊穿拳頭使其煙消雲散，不過拳頭根部的影子卻餘勢未消地逼近娜迪小姐。

本來想扣下扳機發射下一發子彈，但零點一秒的時間延遲阻礙了我。

「娜迪！」

店長舉起長杖阻擋在娜迪小姐身前，開口準備詠唱咒語。

影子的前端打碎店長的長杖，狠狠擊中了他的胸膛。

——這一幕給我提示。

我從困住腿部的影子中強行抽出一隻腳，藉此再踩碎困住我另一隻腳的影子。

以轉眼間的快動作脫困後，我用拳頭擊向眼看要將店長連同娜迪小姐一併貫穿的影子。

「怎麼會！沒錯，怎麼會這樣！」

從一併擊碎影子的石地板裡拔出拳頭，我自地面站了起來。

之前一直誤以為影子是摸不到的東西。

但既然影子可以干涉我們，我們自然應該也能干涉影子——

「影魔法創造的影鞭，除了魔法或魔法道具之外是無法干涉的。」

——似乎錯了。

還好沒有一臉得意洋洋地解說。差點就會變成黑歷史了。

話說回來，胸部遭重擊的店長，他的體力值相當不妙。

即使破壞了影子，威力或許還是無法抵銷，而娜迪小姐為了接住被擊飛的店長，包括她自己也被撞暈了。

「公主不會交給你的。」

赤盔舉起店長折斷的長杖來到我身旁。

在我身後，亞里沙開始小聲地向波奇和小玉下達某種指示：

「波奇、小玉，我來製造空檔，妳們帶著蜜雅從後門逃跑。辦得到嗎？」

「我們要一起戰鬥喲！」

「打倒骨頭～？」

「不行哦，那傢伙是絕對打不贏的。等級差太多了。」

這時候，蜜雅顫聲拒絕了亞里沙的建議：

「……不用管我。快逃。」

「丟下妳逃跑要做什麼？之所以讓妳逃跑，不僅因為我們是朋友而已。就因為我們主人希望妳逃跑，所以才最優先這麼做。」

倘若亞里沙不是個小女孩，我大概會迷上她吧。

「可是。」

「遊行，我還罷工呢。沒什麼好可是不可是（註：原文「デモもストも無い」。デモ為デモンストレーション，指遊行。スト為ストライキ，罷工之意。此處是でも「可是」音同デモ「遊行」衍生出來的哏，流行於昭和時代）我會製造出絕佳的機會，妳們就放心逃吧。」

亞里沙這傢伙打算使用固有技能嗎？話說回來，想不到小女孩居然還會講這種過時的流行語。

既然她的技能甚至可以突破我的防壁，對付一個才等級四十一的對手應該能發揮十足的效果吧。

嗯，不過在那之前應該要做點什麼。

「魔法師先生。不好意思，能不能將你的真面目告訴我們這些無知的人？」

我舉起魔法槍，向賽恩詢問道。

話雖如此，其身分我已經了解。ＡＲ顯示告訴我，那傢伙的實體為「不死王」。與著名的「不死魔導王」或「吸血鬼真祖」並列為最高級別的不死族。

「嗯。有時是商人，有時又是格鬥家，其實真正的身分是槍手嗎？」（註：出自昭和時代的偵探電影「多羅尾伴內」劇中的名台詞「ある時は〇〇、またある時は××、しかしてその実体は……」）

賽恩並未回答我的問題，而是像亞里沙那樣套用了過時的流行語，然後喀喀擺動沒有肌肉的嘴巴自顧自地笑起來。

「也許我還有更多的真面目哦。」

就我自己來說，比較推薦「異世界觀光客」這個身分。

「有趣。佐藤啊，那麼你就再多追加一個勇者給我看看吧……」

「主人、鼠先生，快跳向旁邊！」

沒有讓賽恩把話說完，亞里沙的聲音便中途插入。

「去吧——！」

我向後退去的同一時刻，亞里沙也這麼大叫。

不可目視的攻擊直接命中了賽恩。

賽恩的身子搖搖晃晃——但也僅此而已。

「剛才真是好險。想不到竟是固有技能！還有那般頭髮！原來妳也是轉生者嗎？沒想到是戴了假髮。」

從那句「妳也是」聽來，他果真如我所料是個轉生者嗎？

「嗚，被擋下了。」

刷地一聲，亞里沙的身體陷入沙發之中。大概是剛才的一擊消耗掉她所有的精力和魔力了吧。

小女孩們聚集在昏倒的亞里沙身邊呼喚她的名字，擔心她的安危。

來不及逃跑的赤盔則是眼睛和嘴巴都流出液體，整個人陷入昏迷。看來沒有什麼生命危險，但要是放著不管大概留下後遺症吧。

乘著亞里沙製造的空檔，我鎖定那傢伙的肩膀扣下魔法槍的扳機。

雖然對人類扣下扳機讓我有一定的抗拒心理，但或許是不死族那種怨靈般的外表所致，威嚇程度的射擊倒是還做得出來。

擊出的魔法子彈襲向對方，但卻被出現在那傢伙身體前方的魔法防禦壁擋下了。看起來就類似一種高透明度的黑色玻璃。

魔法槍也無效嗎……

不過，也不能就這樣在室內發射「小火焰彈」。要是隨便出招，肯定會燒掉整棟房子的。

——換成儲倉裡的聖劍或神劍應該能輕鬆取勝。不過威力太強，很有可能一下子就殺死對方，所以我遲遲無法下定決心。

儘管外表看似怨靈，但要是殺死一個擁有人類自我意識的對手，我以後大概會睡得不安穩吧。

若是像吾輩君或眼球魔族那樣，其存在本身就無法相容的「人類之敵」，這樣一來我的抗拒心還會淡化一些……

「不符自身的力量會招來毀滅。要是不想讓那女孩被當成神的玩具，就別再讓她使用剛才的固有技能了。」

「等她醒了我會轉達的。」

聽著賽恩的忠告，我一邊思考突破僵局的方法。

「那就好。那麼我要離開了。」

——放棄蜜雅了嗎？

賽恩爽快的撤退宣言使我心情為之一鬆，但蜜雅她們自後方傳來的悲鳴聲又讓我緊張地回頭望去。

「全身無力～？」

「快放開喲！」

「佐藤。」

波奇和小玉被影鞭吊掛在空中。

呼喚著我的名字苦苦哀求的蜜雅，就這樣被地面伸出的無數影鞭束縛，半個身體已經沉入影子當中。

波奇和小玉兩人的精力被吸光，丟在附近的沙發上。不要緊，她們沒有受傷。

——得優先營救蜜雅。

「蜜雅！」

一邊在心中向波奇和小玉道歉，我撲向了蜜雅。

我用手抓住纏緊蜜雅的影鞭打算將其扯斷，但它們卻如同橡膠一樣只是被拉長，絲毫無法砍斷。

既然如此——我用魔法槍逐一射斷纏住蜜雅的影鞭，不過影子中卻陸續生出新的影鞭，使我根本疲於應付。

我拋開魔法槍，直接抱住蜜雅打算將她從影子中拉出來，可是影鞭拖行蜜雅的力道比想像中大得多。

蜜雅發出痛苦的悲鳴。

我拉扯的力道雖然更強一些，不過蜜雅的體力正在逐漸減少。要是再繼續用力拉扯的話，大概會將她的身體扯斷吧。

「沒用的哦。」

賽恩沉入腳下的影子裡，一邊這麼同情苦苦抵抗的我。

亞里沙拾起魔法槍射擊賽恩，但跟先前一樣被黑色防禦壁擋下子彈。

「打不贏像我這樣的超越者，你姑且就當作是這個世界的不合理法則，就此死心吧。要是不怕死，就前來造訪搖籃好了。我非常期待看到你絞盡所有的智慧和勇氣突破那裡哦。」

留下這句話，賽恩便沉入影子中完全消失了。之所以未親眼確認蜜雅完全沉入，不知道是出於他的自信還是疏忽。

我的身體也隱約有些被影子拖進去的跡象，但可能是還在抵抗的緣故，沉入距離並未超過一公分。

「主人！」

「亞里沙！」

這時返回店內的莉薩和露露，見到室內的慘狀後不禁叫出聲音。

──我下定決心了。

「莉薩！露露！拜託妳們去找人治療大家。赫倫前神官或潔娜都行！」

說完這句話，我將裝滿金幣的小袋子扔給莉薩。其中還印有貝爾頓子爵的家徽，緊急的時候或許可以藉助對方的力量。

「不用擔心我。我一定會和蜜雅一起回來！」

不待其他人回答，我就這樣和蜜雅一起主動沉入影子裡。

托拉札尤亞的搖籃

「我是佐藤。消息在人跟人之間傳遞時經常會變質。這跟蓄意或無心都毫無關係，只要是經過『他人』的渲染，東西就會不由自主地變質了。」

沉入的另一端是漆黑的空間。

沒有聲音或光線，簡直就像置身於影子當中。當然就連空氣也沒有。

……這下有些難受了。雖然速度很慢，但體力和精力確實逐漸減少。即使如此，或許是「自我治療」技能的作用，每隔一段時間就會自行回復。

我大概已經變成不會窒息死亡的體質了。

就算存在空氣，待在這種地方太久可能也會有人發瘋吧。

些許缺氧的感覺讓我無法集中精神思考。

——對了，蜜雅。

由於看不見自己的身體，我自然也無法見到蜜雅的身影。即使伸手觸探，在這種連上下都無法分清楚的狀況下也無法如願。

我從儲倉取出點火魔具，按下點火鈕。原以為這樣就能略微看到自己的身體，但還是不行。

就連雷達上也只顯示出我自己。

我試著使用久違的「探索全地圖」。很遺憾，雷達上的顯示依舊。這裡大概真的就只有我一個人而已。

我打開地圖查看。

上面寫著一行字——「本區域不存在地圖」。

「這是哪門子的遊戲啊！」

我全力這麼怒吼。

接著，彷彿在回應我的吼聲一般，無聲的影子空間碎裂，化為玻璃般的碎片逐漸消失。

◆

那裡是一處名叫謁見廳，集合了許多符號的地方。

遼闊的長條狀房間就像將學校體育館縱向拼湊在一起。腳下為石地板，牆邊並列粗大的圓柱。柱子上的燭台則是發出ＬＥＤ燈般的魔法光源照亮整個房間。

在較高一些的位置有個王座，內部有一顆閃動紅光，直徑兩公尺的球體飄浮在大約膝蓋的高度。其造型就彷彿巨大化之後的魔核。

——有了！

王座上可以見到入睡的蜜雅。

一旁是陌生的金髮美女正在照顧蜜雅。相貌和蜜雅十分相似，她長大之後大概也是這副容貌吧。

不過，體型卻是一點也不含糊的粗暴巨乳。大概有Ｄ或Ｅ罩杯吧。

唔，這種事情現在根本就不重要。

搶在我跑上去前，手指在王座旁邊看似樂譜架裝置上不斷擺動的賽恩發現了我的存在。

「怎麼會！」

男人儘管訝異，操作樂譜架的手卻沒有慢下來。

「沒錯，怎麼會這樣哦！你是如何逃出我的影之牢籠！像你這種低等級的傢伙，應該完全束手無策哦。」

你到底在驚訝、炫耀還是愚弄別人，說清楚一點吧。

或許是剛才的影空間影響，我的雙腿還有些發軟。

「因為我有光之護符。影魔法對我無效。」

糟糕，雖然不想說實話，但這個編出來的理由太扯了。難道詐術技能失控了嗎？

「試煉必須要公正才行。不能容許作弊哦。這個房間只有攻略了搖籃之人才能夠造訪。規矩就是如此。」

說到這裡，賽恩停下來對自己所說的話不斷點頭表示贊同。

「你以為自己是遊戲管理員嗎？」

想玩死亡遊戲的話，真希望他自己做成ＶＲ實境遊戲就好了。

「被當成遊戲真是遺憾！這個搖籃的確不會死人，但可不是遊戲哦。」

——不會死人？這是怎麼回事？

「而在攻略的最後，能夠造訪這裡的勇者，才具備討伐我不死王的資格。」

這傢伙在說些什麼？

希望有人攻略搖籃，然後殺了自己？

我對這傢伙的說法有些惱怒了。就為了這種無聊的理由，給我那些孩子們和蜜雅製造了一堆麻煩，然後還傷害了店長他們？

「那麼想死就去自殺吧。少把別人扯進去。」

「呼哈哈哈，只要有神賜予的祝福，我永遠都是不死之身哦。」

不知為何，賽恩的這句話感覺有些在自我嘲諷。彷彿「祝福」對他而言是「詛咒」一般。

雖然聽了有點不愉快，但多虧這傢伙的長篇大論讓我雙腿得以恢復。

我瞬間跑過四十公尺左右的距離，逼近至蜜雅眼前。最優先事項是營救蜜雅。

在我的手指即將觸碰蜜雅的衣服之際，賽恩在操控板上四處移動的手停止了。

「那麼，差不多該讓你退出主人廳了。」

◆

腳底踩踏的觸感變得不同。。

更重要的是，眼前的光景變化太大了。

我在突然出現的懸崖邊勉強收住自己的身子。由於刨開了泥土，腳下的地面開始崩塌，我立刻用一記輕盈的後撤步逃到範圍之外。

「這裡是哪裡？」

我喃喃自語著沒有人回答的問題。

看來大概是被人用魔法之類的方法轉移了。這似乎不同於賽恩在影子之間移動的能力。

我究竟被傳送到了什麼地方？

環視眼前遼闊的景色，這裡好像是一處山頂。

眼前的懸崖下方有個足以容納好幾座聖留市的大盆地，周遭則是被群山所環繞。

盆地底部充斥著霧氣，所以看不清楚。但隱約可見的高大樹木全都沒了樹葉，僅寂寥地伸長那枯萎的樹枝。

周遭的群山也都光禿禿的，所見範圍內似乎也沒有野獸。

我做了個深呼吸，閉上眼睛。

然後睜開，再一次觀看景色。

——還在。

這次我閉上眼睛後默唸著質數，讓心情平復下來。

下定決心睜開眼睛，但景色卻並未消失。

——果然不是幻覺嗎。

我望向聳立於盆地中央的大樹。

倘若只是普通的大樹還好。

但離奇的是，那棵大樹卻和周遭的群山一樣高。

「這就是所謂的世界樹嗎？」

儘管好奇那種尺寸的大樹為何不會自己傾倒，但還是留給後世研究人員去解謎，我只要做我該做的事情就好。

看似世界樹的大樹旁，ＡＲ顯示列出了「托拉札尤亞的搖籃」的字樣。

大樹附加了彷彿蜘蛛網一般線條狀的裝飾。雖然在樹枝的遮掩之下看不見，但從規模來看，那種線條應該就類似一種通道吧。

我要前往營救蜜雅的場所，應該就在那棵大樹裡面了。

打開地圖，這裡看起來是一處叫「灰鼠酋長國」的地方。所幸似乎與聖留伯爵領互相鄰接，應該不會出現救出蜜雅後卻無法回去的窘境。

我利用探索全地圖調查「灰鼠酋長國」，事先挑選好回程的路線。

這裡距離最近的鼠人族村落起碼也要翻過兩個山頭，所以就算使用流星雨也不會造成太大的損害。

眼前有個延伸至「搖籃」的階梯，就在剛才沿著懸崖邊走幾步之後的位置。

這個階梯是由飄浮在空中的玻璃般透明板塊所串連而成。大概是魔法吧，但居然毫無支撐物就能浮在空中。寬度大約三公尺。由於沒有扶手，要是突然吹來一陣狂風的話很有可能會直直掉落谷底。

平時的我大概會猶豫要不要踏出去，但或許是開啟的「恐懼抗性」技能幫我扛下，居然一點也不覺得害怕。

——這真是危險呢。

待事件解決之後，可別忘記把「恐懼抗性」關掉才行。

我在毫無傾斜的玻璃階梯上前進，中途忽然聽見翅膀拍打聲。

抬頭望向聲音來源，發現有蜜蜂魔物正在接近這裡。

由於還有一段距離，所以雷達並未顯示。

打開地圖，這裡已經不屬於「灰鼠酋長國」而是「托拉札尤亞的搖籃」的領域了。

我趕緊使用「探索全地圖」叫出所有「托拉札尤亞的搖籃」的相關情報。

AR顯示則對接近中的蜜蜂魔物追加了資訊。

種族為「紅針蜂」，等級一的小嘍囉。由於似乎具備毒性，我便在牠們接近以前從儲倉取出魔法槍加以擊落。

平時使用的魔法槍掉在萬事通屋裡，所以這是另一支備用的。

我逐一閱讀地圖上顯示的大樹情報。

要是被賽恩知道，大概會說我「作弊」吧。

雖然看起來只要爬上大樹的樹幹即可，但如果像剛才那樣被「搖籃」的特殊功能轉移就毫無意義了。

如今只能按照對方的規則前進。

倘若目的是討伐，只要施展流星雨便可讓一切結束。不過為了要將蜜雅平安帶回，多少辛苦一些也是沒辦法。

「這是什麼？」

我知道入口處會有個氣派的大門。

不過，入口旁擺放的牌子卻讓我難掩困惑。

上面用精靈語寫著這個設施的名稱和攻略規則。牌子下方還以包括希嘉國語在內的五種語言書寫了注意事項。

上面說——

此為專為精靈設計之訓練設施，精靈以外之種族須留意生命保護裝置不會作動。

訓練所不對任何人設置使用限制，請自行負起責任。

訓練所內造成的任何傷害或器物損壞，一切都不予賠償。

——是這麼寫的。

看來是用於訓練精靈的樹木型迷宮。

雖然好像有生命保護裝置，但應該不能連「搖籃」一併破壞吧。要是設施損壞，生命保護裝置應該也不會去保護蜜雅了。

賽恩說這是個不會死人的設施，但如今也無從調查他是否將保護對象擴大至精靈以外的其他人。

從地圖看來，這裡並非樹幹裡存在著迷宮。外頭看得到的那種蜘蛛網狀人造物才是訓練設施本體。

有些都已經侵蝕了厚厚的外皮和樹幹，但似乎才占了整個設施的百分之幾而已。

通過大門，前方已經等待著魔物。

由於稱號裡有「徘徊於通道的魔物」的字樣，所以大概不是在埋伏，而是單純的遭遇戰。

魔物高約一公尺，模樣就像個小鬼。

原以為是小嘍囉代名詞的哥布林，但ＡＲ顯示中卻出現了稍稍不同的名字「雜草小鬼」。

看樣子，這是模仿哥布林外型的雜草集合體。

我使出一記前踢。伴隨輕微的聲響，雜草散落就這麼倒下。畢竟等級好像只有一，大概就是這種實力了。我完全懶得撿拾掉落的白色魔核，將其放置不管。

這個「搖籃」總共有兩百層，以每十層為一個單位，靠著二十個高大的螺旋階梯連接著上層。

眼前是第一個螺旋階梯，階梯上的八道門則是分別通往其他樓層的入口。

樓梯前的紀念碑上寫著「第一號大階梯」。

擺放大階梯的無屋頂大房間從牆壁延伸出無數樹枝，其前端長出提燈狀的光源。

樹枝前端不僅有光源，還長滿各式各樣的果實。

只不過，同一個樹枝居然長有柑橘、洋梨和瓜果，未免太不自然了。就彷彿科幻電影中的科學家所設計出來的ＤＮＡ一樣。

大階梯通往的各個樓層都配置了魔物，愈往上層魔物的等級就愈高。這方面也印證了寫在入口處的「訓練設施」這句話。

倘若不是因為這次的事件而造訪，還真想拿來讓我那些小孩子們訓練看看。

來到大階梯的盡頭處，通往第十層的門上開了九個洞。

根據門旁的黑色石版解說，將打倒各層的頭目怪物後獲得名為「鍵珠」的寶石嵌入其中便會開門。

儘管賽恩否認，但這怎麼看都像是ＲＰＧ遊戲。

在未嵌入寶石的情況下想要開門，「門之守護者」似乎就會現身並挑戰訓練者。

由於打倒這個「門之守護者」就可以開門，所以我決定趕快挑戰。

敲響門扣後，門前的空地產生光之魔法陣，一名全身甲冑的騎士現身。

根據ＡＲ顯示，似乎是名叫「活甲冑」的魔物。等級為十，比附近的魔物稍強一些，但在我的眼中就跟剛才的小鬼沒有多大的差別。

避開「活甲冑」揮下的單手斧，我向甲冑的正中央隨意擊出了一記前踢。

要是踢到腳趾的話會很痛，所以我加上了扭腰動作，如刨挖般用腳根踢出。

「呃！」

太用力了。一擊打倒對方是在預料之中沒錯，但甲冑卻比想像中還要脆弱，我的腳就這樣從對方的背部穿出。

眼看差點要跌倒，但我在失去平衡前將「活甲冑」的軀體收入儲倉，因此而得以倖免。

「……呼，嚇我一跳。」

我喃喃自語地掩飾著自己的狼狽，然後鑽進打開並歡迎我進入的門內。

接下來是位於大樹反方向，可以通往二十層的大樓梯。真是的，居然配置得像電腦遊戲那樣。

——遊戲？

正準備奔跑時，我猛然停下腳步。

大概是錯覺。不同於魔族在聖留市地下製作的「惡魔迷宮」，這個「搖籃」的設計具有非常濃厚的遊戲風格。

簡直就像是玩慣了家用遊戲機的ＲＰＧ玩家所建造。

——倘若真是如此……

我打開地圖，將範圍限定在這個第十層並搜尋魔物。

——有了。

以這個樓層來說，有個等級高得離譜的存在。

穿過隱藏於正面牆壁的門，我在水管般沿著通道延伸的藤蔓所形成的迴廊裡一路前進。

迴廊的終點處，呈繭狀聚集的藤蔓形成了一個大約兩公尺大小的瘤狀物件。

我要找的傢伙，就在這個瘤狀物中。

要是打贏這傢伙，大概就能夠走捷徑前往上層了。

既然設計者喜歡古色古香的迷宮遊戲，那麼絕對會準備像這種機關。

藉由將這種強者作為守門人，讓玩家在弱小的初期無法使用捷徑，但只要變強後打倒守門人，便可以透過捷徑輕鬆進出迷宮深處。類似這樣的設計已經是慣例了。

「別躲了，快滾出來。」

對我的呼喊產生反應，構成瘤狀物的藤蔓開啟，從中散發出柔和的綠光。

我等待著擔任守門人的強者登場。

「吵死了——我魔力不夠，懶得動了。下次再決一勝負吧。」

「抱歉，這可不行。」

「討厭——我要向托亞告狀。絕對不會手下留情的！」

從中跑出來的是一名綠色皮膚，年約五六歲的童女。大約有她兩倍身高的長長綠色頭髮就這樣在地板上拖著。

——強者？

ＡＲ顯示中出現了等級二十一的樹精字樣。至於實際年齡由於位數太多，我暫時提不起勁唸出來。就算和蜜雅相比，其年齡也遠遠高出許多。

樹精起先一臉懶洋洋的表情，但不知為何彷彿看到什麼刺眼的東西，他兩眼發光地飛了過來。

由於感覺不到惡意，我就這樣接住她。

「變成我的東西吧！人類？」

「啊?」

意料之外的這句話,讓我傻眼地回答一聲。

不過,為何「人類」後面要加個問號?等級三一〇錯了嗎?

「不好意思,要求婚的話等過了十四五年再說好嗎?」

為什麼我老是受這種小孩子和低年齡層的喜愛呢?

偶爾也想要被性感的大姊姊類型美女倒追啊。

「我肚子餓了,給我飯吃。」

「我只有肉乾而已,沒關係嗎?」

其他食物都交給莉薩保管了。

等回到聖留市之後,就先補充一下各種食物和點心類吧。

「我不要人類的食物。給我魔力。」

從AR顯示看來,樹精具有類似「迷魂」、「吸精」、「吸魔」等能力。

要是MP永久減少就糟糕了。被我這麼確認後,她卻莫名其妙地表示:「只有一開始會痛哦。馬上就很舒服了。」

我反覆詢問之後,才知道就像平常使用魔法一樣只是暫時減少,之後會隨著時間經過而回復。

既然是這樣，反正我的魔力也是閒置著，應該沒關係吧。

「喂，不行嗎？」

「好啊，我該怎麼做？」

「像這樣。」

小女孩伸出小手放在我的臉頰上。

原本以為要用手吸收，但她就這樣將臉靠上來直接親吻。而且居然還把舌頭伸進來蹂躪一番。

我完全忘了她外表是個童女，實際年齡卻大很多的事實。

被任意擺佈了將近十分鐘，我終於獲得釋放。

「呼，好飽！」

童女帶著心滿意足的光彩笑容挺起那單薄的胸膛。

——忘了吧。嗯，就當作被狗咬了一口。

「為了答謝，就幫你打開迴廊！你要使用吧？」

「嗯嗯，拜託妳了。」

太好了。倘若存在捷徑一事是我誤會一場，那麼未免就太哀傷了。

被奪去的魔力大約是三百點左右，幾分鐘就能恢復，所以沒關係。但心神上似乎消耗得相當劇烈。

我踏入了樹精幫忙開啟的迴廊。

＞獲得稱號「樹精的俘虜」。

這個無心獲得的稱號，真想斷然拒絕。

◆

裡面是彷彿研究室的場所。

入口的門上寫著「托拉札尤亞的房間」。

或許是長期未被使用過，這個區域充滿了發霉般的臭味。地板的牆壁並非石頭，而是以樹脂般的材料製作而成。

我想大概是用樹液製成的，就像亞麻地板那樣。

室內的角落齊全地備妥了餐廳、浴室以及寢室。不知道經過了幾十年的歲月，書籍劣化得很嚴重。除了幾本魔法書之外，其他直接用手拿取好像就會散掉。

沒辦法，我只好將它們放進儲倉裡透過主選單閱讀。

況且，透過主選單的功能也可以進行搜尋。

儘管知道現在並不是看書的時候，不過或許有可能找到妨礙那個強制排除功能的方法，所以我依然選擇瀏覽書籍。

從這個設施的名稱大致就能猜出，製作這個「搖籃」的人物名字果真就叫托拉札尤亞。他似乎和蜜雅一樣都是精靈，樹精剛才所說的托亞，想必就是他沒錯了。

書籍全都是以精靈語寫成。倘若沒有透過和蜜雅交談而獲得的精靈語技能，我大概也完全看不懂吧。

書中各處的墨水痕跡都斷斷續續，但我仍大略閱讀過去。

這個「搖籃」似乎是托拉札尤亞為了「安全地」培育精靈們所以仿造迷宮形式製作的設施。

手記裡記錄了他的苦惱，應該說對於同族近似溺愛的憂心之語。

『——我們精靈不太眷戀生命。窮途末路之際，出奇地不會像其他種族那樣掙扎。因此許多的年輕人就在迷宮裡犧牲了。這個「搖籃」必須加入當精靈們遭遇生命危險時得以安全脫逃的功能。』

除此以外，還寫有這裡並不具備迷宮核而是「搖籃之核」，所以不像迷宮那樣會自我增殖，但卻又和迷宮一樣可以從周遭的土地吸取魔力並提煉成魔核。

這時候，我發現了一段令人在意的文章。

『——就這樣，我在培養槽裡將魔核寄宿於既有的生物上，完成了製作人造魔物的設施。』

魔物原本是普通的生物嗎？

的確，至今我打過的魔物，感覺都很像普通生物的巨大版或是畸形版。

不，其他還有會動的白骨和不死魔物，所以應該不能一概而論。

我拉回離題的思考。這種事情之後再去慢慢想就行了。

托拉札尤亞試作的輔助設施有三種。培養魔物的設施，生產作業用魔巨人的設施，以及生產用於照料日常生活的僕人人偶的設施。

只不過，由於獲得鄰近的鼠人族協助，最後一項設施似乎快完成前就放棄了。

根據資料所示，魔物們的食物是「搖籃」本體大樹所供給的樹液和果實。由於沒有必要外出狩獵，所以「搖籃」的魔物似乎並不會散布至周邊地區。

然而「搖籃」完成後，似乎就沒有其他精靈造訪過此地了。

他在手記的最後這樣寫著：

『——短短的一百年裡，大家似乎都沒有忘記我的失敗。我漫長的人生即將結束。我要封印這個「搖籃」，直到將來我的同胞們需要它為止。我相信，精靈們終將重返領導世界的那一天——托拉札尤亞．波爾艾南。』

家族名為波爾艾南，代表他是蜜雅和店長的族人嗎？

這恐怕就是需要蜜雅在此的理由了。話說回來，沒看過這份手記，真虧賽恩能夠知道解除封印的方法。

到頭來雖然獲得了許多資訊，但關閉強制排除的方法卻未能找到。

雖然潦草的塗鴉上「爆炸是一種浪漫」的字樣讓我有些在意，不過大概沒有哪個白痴會在講求安全培育的設施裡安裝自爆裝置吧。

這個區域似乎無法通往上層，於是我決定暫時返回樹精的所在處。

◆

「哎呀？回來了？」

「嗯嗯，我回來了。」

躺在藤蔓做成的床鋪上，樹精滾動著身體來到邊緣處，然後將兩手懶散地向外甩出。

「好快哦。莫非還想要再親親嗎？」

「不，這就不必了。話說回來，我想到上層去，有沒有轉移門之類的東西？」

樹精興趣缺缺地翻身仰躺，轉過頭指著房間角落道：「有哦。」

那裡是香菇圍成圓圈狀種植，看似一處花壇的場所。

「站到那個妖精之環上面吧。」

我遵照看似不耐的樹精指示，站到圓環的中心處。

「要去哪一層？」

「可以的話，我想到搖籃主人那裡。」

「這個不行～不行不行哦。」

樹精頂著上下顛倒的腦袋不停晃腦的動作讓我有些火大，但仍一邊拜託對方傳送至所能前往的最高層。

「好，那麼就到一百層的『守護騎士廳』吧。那裡的守護者很強，要小心哦。」

「嗯嗯，沒問題。」

聽了我的回答，她聳起小小的肩膀老成地唸道：「嗯，總要學到一次教訓才會變乖呢。」不過還是答應了。

「那麼，要出發了哦。■■■　啟動目標，前往一百層『守護騎士廳』。」

樹精唸完咒語，妖精之環便產生散發綠光的胞子，形成了如漩渦般的光之圓管。

當光芒消失之際，我已經抵達了一百層。

不過，突然出現在頭目房間裡也太過分了點吧？

坐鎮於眼前一動也不動的鐵魔巨人，以及在一旁的圓桌上堆起木塊金字塔用於玩樂的三名美女。

或許是被我的突然出現而嚇到，正打算堆起木塊的巨乳美女弄翻了整座金字塔，表情充滿了錯愕。

我則是下意識露出想要說聲「抱歉」的遺憾表情。

總之，先咳個幾聲來掩飾一下吧。

「稍等一下——這麼宣布道。」

其中一名美女口吐怪異的文法。由於對方將展開的手指連同手臂指向這邊，我於是點頭表示同意。

那長長的直髮和沉穩的氣息就彷彿一名品學兼優的好學生，但說話方式卻將這一切都破壞了。這大概就是所謂的遺憾系美女吧。

雖然很想丟下她們繼續前進，但這裡只有通往下層的階梯。

像這種設計，恐怕必須以正規手段打倒對方才能移動至上層吧。

玩遊戲的時候並不會在意，但若是在現實中被強行加諸這種要求，我還真想直接打破天花板自己開出一條通道。

但要是在此亂發脾氣，又被強制排除功能回溯到一開始的時候就得不償失，所以我很不情願地決定耐心等下去。

三位美女都身穿迷你裙尺寸的連身套頭衣，上面繫著劍帶，配戴有西洋劍一般的細劍。細劍的劍柄還附有看似玫瑰的浮雕，質感頗為高級。

她們在手和腳都裝備了鐵手套和鐵護脛，但不知為何卻沒有穿上胸甲或頭盔。難道不用保護頭部和心臟嗎？

不予理會我的疑問，裝備完畢的兩人將桌子搬到大房間的角落處，剩下的一人則是啟動了魔巨人。

根據ＡＲ顯示，她們都是等級七的魔造人。擁有名叫「理術」的種族固有能力，所有人都持有「魔力操作」技能。稱號為「賽恩的人偶」。

不可思議的是，明明所有人都裝備了細劍，持有「單手劍」技能的只有一個人，身後的兩人則分別是「長柄武器」技能和「槍」技能。

她們的外表就和在主人廳裡照顧蜜雅的女性們相似。

記得所謂的魔造人，應該是透過鍊金術以魔法方式製造而成的人造生命體。

由於算是一種複製人，所以擁有同樣臉龐的應該有好幾個人吧。從臉部造型來看，素材是取自蜜雅嗎？

啟動完畢的鐵魔巨人站起來。巨大的身軀將近有四公尺高。這隻魔巨人身上打了不少鉚釘，造型就類似某戰前時代的設計。

或許是已經就戰鬥位置，站在前頭的女性拔出細劍咻地閃過。

前頭的美女可愛地輕咳一聲，道出了開場白：

「真是佩服您能夠一路來到這裡呢探索者先生。」

唸劇本也沒這麼誇張吧。

這種狀況下明明是相當悅耳動聽的聲音，美感就這樣被破壞殆盡了。

「我可是個商人。」

「商人？」

美女們看似有些驚慌，彼此面面相覷。

默默互看了好一段時間後，她們似乎達成某種結論般回到這裡繼續開口：

「——探索者啊！你來得正好——這麼稱讚道。」

硬要認定我是探索者嗎？

雖然文法怪怪的，不過總比唸劇本好吧。

「賦予你與守護者戰鬥的權利——這麼宣布道。只要徹底打倒守護者，就認同你有繼續前進的資格——這麼承認道。獲勝者將獲得主人的獎勵——這麼保證道。」

雖然比唸劇本好，但總覺得在觀賞一場小學生的學藝會。

絲毫不在意我冷場的表情，美女按照劇本繼續說下去：

「來，開始戰鬥吧。鐵魔巨人啊不用手下留情。」

唸完漫長的台詞後，美女一臉心滿意足地望向這邊。那得意的模樣真讓人火大。

伴隨「匡鏘匡鏘」的聲響直撲而來的鐵魔巨人實在迫力十足，可惜動作不但緩慢還存在一點問題。

「No.6、No.7，身體強化後往左右散開，以Z陣型攻擊。」

起先以為是古語的翻譯而聽過就算，但這些美女的對話中顯然夾雜了英語。

由於托拉札尤亞放棄了開發魔造人的製造設施，所以應該是和亞里沙同為轉生者的賽恩教會她們的吧。

往三個方向散開的美女們，額頭發出淡淡的亮光。仔細一看，額頭上出現了一個五百日圓硬幣大小的光之魔法陣，下一刻她們的狀態就變成了「身體強化」。這個就是「理術」嗎？

話雖如此，看起來也不是強化得很極端，大概只比常人強了幾成左右。

我全程關注著她們就定位。

——沒穿胸罩嗎？真是太豈有此理了。

目光會被吸引也是沒有辦法的。實在充滿了躍動感。

或許是為了懲罰我忘記營救蜜雅，只顧著產生這種愚蠢的感想，魔巨人不知什麼時候已經接近完畢並掄起拳頭。

這種距離只要翻滾至對方的胯下就足以閃避，但我並沒有這個打算。

我用威力值提昇至最大的魔法槍擊穿了魔巨人額頭的「字母」。

這具魔巨人的額頭上特地用英文字母寫上「EMETH」字樣，所以我破壞了第一個「E」字使其變成「METH」。

照理說應該是三個希伯來文字母，但這個似乎並非仿冒品，魔巨人果真如同逸聞所說的那樣停止活動。沒錯，是「我們那個世界的逸聞」。

「怎麼會！——如此錯愕道。」

「所以早就建議要把弱點隱藏起來了——這麼老調重彈。」

「話說回來，該決定要戰還是要退了——這麼呈報道。」

或許是沒想到會被輕鬆打倒，房間三個方向的美女顯得不知所措。

這也難怪了。身為主要戰力的三十級魔巨人被輕易破壞後，就剩下僅有等級七的自己三人了。

話說回來，敵人的聲音還真是嘹亮。

「No.5、No.6，這裡交給我，你們先走！——這麼宣布道。」

「No.7！我們不會忘記妳的——說畢便開始撤退。」

「這不叫先走，而是先撤退吧——向No.7這麼吐槽了。」

儘管臉蛋一樣，個性上卻似乎有些微妙的變化。

雖然這個特地插起死亡旗的No.7讓我很在意，不過我打從一開始就無意要殺人，所以應該不要緊吧。

頂著相同的臉蛋一起望向這邊的美女們，她們額頭上同時冒出了光之魔法陣。

在魔法陣上，出現了玻璃般透明的「魔法箭」。

「放箭——！」

她們配合No.5這位指揮官的口號射出魔法箭。但或許只是為了牽制敵人，還未確認是否命中，No.5和No.6兩人便已經掉頭開始逃走。

這兩人將腳趾套入牆邊的繩子末端後，便被猛然拉到了上層。

高速飛來的魔法箭似乎沒有追蹤功能，於是我將身體交給「迴避」技能引導，輕鬆地避開了攻擊。

面對No.7拔出細劍砍來的攻擊，我微微傾斜身體加以避開，然後抓住她伸出的手臂扯向一旁，同時用另一隻手擊出掌底。

為了不造成性騷擾，還不忘將手指朝下。

我就這樣抱住了昏迷的No.7。

柔軟的觸感差點要讓我神魂顛倒，但畢竟不能就這樣放著昏迷的美女不管，所以這麼做也是沒有辦法的。沒錯，真的沒有辦法。

好了，繼續這樣抱著也無濟於事，我於是在房間角落鋪好毛皮讓她躺在上面。

她們用來更衣的地方擺放了許多種類的武器和魔法藥。原本還在期待會不會有魔法卷軸，但完全沒有。

魔法藥留有大約十瓶。三瓶中級、六瓶下級，剩下的兩瓶則分別是「解麻痺藥：萬能」和中級的「魔力回復藥」。

每種武器上都有看似高貴的雕刻，「市場行情」技能向我透露的價格也相當不斐。

儘管每一樣都是普通的鋼鐵製武器，不過包括斧槍、刃槍、長槍、短槍、大劍以及戰鎚都應有盡有，於是我打算隨便挑幾樣帶走。

儲倉中雖然有聖劍或神劍等強大的裝備，但只要不是碰到上級魔族那樣的對手，我也懶得每一次都要變更稱號了。

大部分的敵人用魔法槍或格鬥就已經足夠對付，不過考慮到萬一被蟑螂之類不想接觸的魔物包圍時，的確是需要幾把丟掉也不會心疼的武器。

背後傳來微弱的聲響。回頭一看，房間中央附近的天花板降下了螺旋階梯。

看來我似乎成功滿足了勝利條件。

將魔法藥和武器迅速收進儲倉後，我便走向那裡。

至於回收魔核太過麻煩，所以我將倒在地上的魔巨人直接收進儲倉，踏上了螺旋階梯。

魔法陣另一端的房間就像剛才樹精所在的房間一樣由藤蔓構成，但卻有些差異。

雖然一樣有藤蔓的繭狀物，不過藤蔓此刻都已經乾枯，繭床上也僅躺著一具看似假人模特兒的土色遺骸。

我為這具遺骸祈福，並從儲倉拿出「深不見底的水袋」咕嚕嚕地倒水以奠祭對方。

希望這樣子能夠讓對方稍微安息一些——

「水——！」

「咦？」

白皙的小手抓住了我要收回水袋的手臂，將其送至小小的嘴邊。

原本土偶般的臉龐在喝水的期間逐漸變化。僅僅幾分鐘後，便從假人模特兒轉變為童女的模樣，就下面樓層看到的樹精簡直出自同一個模子。

「接下來，給我魔力——」

我看這些傢伙不是樹精，應該是淫魔才對吧……

奪取數百點的魔力後，樹精心滿意足地露出幸福的表情，彷彿喝了酒的中年大叔「噗哈」地呼出一口氣。

「哎呀？原來你也給了樓下的我魔力呢。」

——樓下的我？

帶著疑惑，我試著向樹精二號詢問。

「統統都是我哦？像人類一樣分成不同的人才比較奇怪。因為樹木之類的精靈，大家都是連在一起的嘛。雖然沒有魔力就無法聯絡了。」

這是地球生命論的亞種嗎？

大概就像一種使用魔力建構起聯絡網的群體吧。

由於不太有興趣繼續深入研究，我於是詢問樹精二號是否能夠將我轉移至上層。

「嗯，好啊。等我一下——嗯～連接線好像中斷了。要是有可以使用森林魔法的精靈，就能送你到各個地方了。現在好像就只能到一百八十層。」

「很夠了。麻煩妳。」

「包在我身上～！」

挺起胸膛的童女自信滿滿地這麼宣告。

我就這樣進入妖精之環，轉移至一百八十層。

◆

「蟲蛀？」

我不禁這麼喃喃唸道。在轉移目的地的一百八十層裡，構成牆壁的樹木及藤蔓都被啃光光，形成了慘不忍睹的狀態。

連接線恐怕就是因為這種蟲蛀而斷掉了吧。

面對包圍我「沙沙」地摩擦牙齒的昆蟲魔物，我用左手的魔法槍將牠們逐一射穿。

由於數量太多，再這樣下去會被團團圍住而壓迫致死——儘管等級上不可能發生這種事，但全身大概也會沾滿昆蟲的體液吧。

我用右手從儲倉取出斧槍。

原本相當沉重的斧槍，由於我的力量值很高所以能夠單手揮動。

儘管未持有使用斧槍的技能，不過在攻擊了像天牛一般外型襲來的昆蟲魔物後，我獲得了「長柄武器」技能。

在寬約三公尺的遼闊通道上，我彷彿跳舞似地用斧槍屠殺魔物一邊前進。

這並非在享受戰鬥的樂趣，而是由於力量太大但體重卻太輕，使得我為了要化解斧槍的慣性必須像跳舞一樣移動。

打到一半嫌麻煩，我於是又改變方針，從儲倉裡拿出岩石加以投擲蹂躪，針對逃掉的少數魔物則是以魔法槍收拾牠們。

因為不想全身都是昆蟲的體液，所以我並不回收魔核，就這樣在抵達下一個大階梯為止已經打倒了一百隻以上。

大階梯前方的空間，數量比這更多的魔物正密密麻麻地守候在那裡。

——噁心死了！

或許是這樣的感想影響了行動，用來蹂躪魔物的岩石變得稍微猛烈一些。

一塊驅散魔物後，因用力過猛而陷入牆中的岩石讓周遭牆壁發出「喀喀」的受力的聲響，然後形成一個巨大的風洞。

看來外牆大概是被蟲蛀或是腐蝕所脆化了。

為了抵擋因氣壓差而產生的狂風，我抓住附近牆上生長的藤蔓。

氣流很快就減緩，我於是繼續掃蕩剩下的敵人，一邊往牆上的大洞走去。

「好壯觀的景象——」

若不是有事在身倒很願意悠哉欣賞的這幅景色，讓我感到有些不對勁。

這裡是最初進來的入口處反方向一端，大洞外可見到枝葉已經在掉落變色了。

儘管上方覆蓋著雲層讓我看不清楚，但下方放眼望去，樹幹外皮都被蛀光，形成十分荒蕪的景象。

這跟托拉札尤亞遺留的資料記載不同。

這裡的設計，應該不至於會讓魔物主動破壞樹木才對……

躲避氣流的昆蟲此刻再度行動，往這裡靠過來。於是我以魔法槍加以驅散，一邊走向大階梯。

一百九十層前方的「門之守護者」是個會用觸手前端發射冰彈，外表像海葵一般的魔物。由於用斧槍就輕鬆擊倒，所以我沒留下什麼太深的印象。

門的另一端沒有昆蟲類的魔物，取而代之的則是看似作業用的木魔兵正在默默修補蟲蛀的痕跡。

他們似乎對我不感興趣，也不會上前攻擊或擋住去路，所以我也一路無視他們繼續向前。

◆

在那之後，我未遭遇多大的阻礙便抵達了主人廳。時間上才過了不到三十分鐘。路上雖然有陷阱，但或許是木魔兵正在作業的緣故而全部停止，所以我也無法確認究竟存在什麼樣的陷阱。

賽恩就在主人廳的深處等待著。

蜜雅也在王座上，但依然處於昏迷。蜜雅的精力雖然已經恢復了三成，不過ＭＰ卻再度回到枯竭狀態。

「居然這麼快就來到這裡，我真是意想不到哦。」

「會嗎？」

我對看似意外的賽恩聳聳肩膀。

為了不讓對方起戒心，我在對話的同時一邊慢慢走近。

「可以的話，能不能不必戰鬥，直接把蜜雅還給我？」

賽恩「咯咯咯」地笑了。

「不，那可不行哦。打倒鐵魔巨人後，你已經證明了自己的資格。」

賽恩繼續他的個人演說。

「不過，在稱號上還不足以與我並肩。接下來要讓你和絕對無法戰勝的強敵交手，以獲得勇者的稱號。至於報酬，就給你這把聖劍朱路拉霍恩吧。」

塞恩就這麼舉起手中未出鞘的劍。劍收在細長的圓椎狀刀鞘中。

那把劍在AR顯示裡的名稱同樣是朱路拉霍恩，所以應該是真的。

聖劍朱路拉霍恩我曾聽潔娜提過。記得是建立希嘉王國的國王所打造的劍。

雖然性能上比起我的聖劍要低了許多，卻是普通的劍所無法比擬。

話說回來，他又是怎麼弄到這種國寶級的聖劍。

「這算是在我面前吊根胡蘿蔔嗎？」

「然也！只要將這把失落的朱路拉霍恩獻給國王，你就能飛黃騰達。倘若願意，就連貴族之位也唾手可得。」

僅從字面上來看好像在鼓動我，但後半的台詞卻帶著濃濃的侮蔑之意，使得「貴族之位」聽起來就像是「狗大便」一樣。

話說回來，我還不知道這傢伙的真正目的。在被強制排出「搖籃」外面之際也曾問過，難道他真的只想自殺而已？

「你戰鬥的對象是他們哦。」

賽恩說完，他的影子便延伸至房間中央處。而影子當中出現了三具鐵魔巨人。不同於剛才的魔巨人，額頭上並沒有文字。想必是刻在難以被發現的部位吧。

不僅如此，躲藏在柱子後方的七位美女也都站在魔巨人身後。

這些美女當中，可以見到剛才逃走的No.5和No.6兩人。大家都是相同長相但髮型不同，所以我能分辨得出來。

因為有七個人，我還以為被我放置在「守護騎士廳」的No.7也在其中，但卻被No.8的美女所取代了。和其他女孩不同，她胸前倒是挺空虛的。

「不過，這樣一來你只會被強敵殺死，勇者的稱號將永遠在死亡的另一頭。」

在那傢伙的眼中，我的等級只有十。想必是認為我無法戰勝三具等級各三十的魔巨人吧。

賽恩攤開雙手，望著天上繼續說道：

「所以，我就將神的祝福賜給大家吧——界限突破。」

◆

賽恩的身體噴出紫色氣息，將包括魔巨人和美女們，連同我也一併籠罩在內。

從剛才的話聽來，這應該是強化魔法之類的。不過來自於明顯敵對之人的施捨我可敬謝不敏。

或許是反映了這樣的心情，籠罩著我的紫色光輝突然消失。

紀錄上顯示我抵抗了「界限突破」的效果。

之所以沒有獲得任何技能，大概因為這是賽恩的固有技能所致吧？

「那麼，希望大家有個愉快的殊死戰。」

說畢，賽恩在手邊看似樂譜架的「搖籃之核」操控板上擺動手指。

下一刻，王座廳和大房間中間出現一道牆壁。確認地圖後發現這並非普通的牆壁，而是王座廳所在的板塊像乘坐電梯一樣移動到樹上的瞭望台了。

飛來的魔法箭彷彿在斥責我分心觀看地圖。我對此則是扭動脖子加以閃避。

面對後續接二連三襲來的魔法箭，我踩著閃電型的步伐全數避開。

——會不會太多了？

我望向飛來的方向，發現那裡站著表情彷彿夜叉一般可怕的前任美女們。

然而，奇怪的並非只有表情而已。

那臉上汨汨流下的眼淚為何是紅色？

為什麼沒有用那種文法怪異的說話方式，而是像受傷的野獸一般發出咆哮。

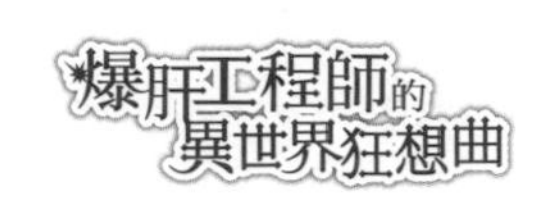

——正如字面上所述，她們突破界限了嗎？

就算是將戰鬥力提高，像這種解除身體安全裝置的逞強舉動，最後也只會讓她們步上毀滅一途。

對於賽恩而言，這些美女們大概只是純粹的道具吧？

完全不知道我心中這些無聊的想法，魔巨人和美女們開始移動了。其高速度簡直無法和「守護騎士廳」之時相提並論。

仔細一看，她們的手腳上都有好幾圈看似帶狀的魔法陣紋路光環正在旋轉中。是剛才賽恩的「界限突破」效果以視覺化的形式呈現了嗎？

魔巨人的手腳上也出現了和美女們相同的光環。

然而，或許是姿勢控制系統無法跟上強化速度，魔巨人的行動變得很不自然。由於那種彷彿失去平衡感的動作，如今看起來就是一副快跌倒的樣子。

我選擇最先逼近的一具魔巨人作為對手。

雖然很想測試一下賽恩固有技能的威力如何，但在對面之前能夠作為比較對象的同型魔巨人以及同為三十級的飛龍時我都未曾受過傷害，所以根本就無從比較。

看準失去平衡的同時依然揮拳襲來的魔巨人，我順勢賞給對方一記過肩摔。真是簡單的作業。

但彷彿鎖定了這個空檔，利用巨大的身軀作為掩護，七名美女這時從倒地的魔巨人背後射出了魔法箭。

數量為每個人三支，總共二十一支。

我遵照「迴避」技能的指示活動身體，一支接著一支避開了如子彈般速度射來的魔法箭。

就算在極近距離下被自動手槍掃射，如今我也有把握可以躲得開。

或許是一切都在算計當中，看準我閃避完所有魔法箭之後搖搖欲墜的身體，第二具魔巨人直逼而來。

對於如狂風般橫向揮來的強韌拳頭，我利用後撤步加以閃避。

就這樣保持一定距離，我將最大威力的魔法槍子彈集中打在魔巨人的一條腿上。被三發子彈破壞膝蓋後，魔巨人以頭部著地的滑壘姿勢在地上滑出一條深溝。

搶在第三具魔巨人接近之前，我透過道具箱從儲倉裡取出短槍，砸在地面爬行的第二具魔巨人腿上。

＞獲得技能「槍」。

我立刻將點數分配至「槍」技能。變得收發自如的短槍，我將它投向接近至眼前的第三具魔巨人。

留下金屬摩擦般的堅硬異聲後，短槍消失了。

魔巨人的胸前開出一個洞，就彷彿被看不見的巨人拳頭擊中一般，魔巨人的身體被整個向後颳飛。

魔巨人背後的牆壁，上面也開出了一個大洞。

莫非那是我投擲的短槍所刺穿的痕跡？

——好驚人的威力。

鎖定站起來的第二具與第一具處於同一直線上撲來的瞬間，我又取出另一把短槍投擲出去。結果自然是不用確認了。

用視野邊緣捕捉到雷達光點消失的同時，我一邊將注意力轉向自背後來襲來的光點。

三名魔造人的奇數編號成員排成一直行襲擊而來。

雖然是令人回想起懷念名作的隊形，只要看到對方的裝備，就可以知道賽恩並不是在讓她們鬧著玩的。前頭是大盾和細劍，第二人為刃槍，第三人則是長柄斧。

恐怕是打算拿第一個人擋住我的攻擊，其餘兩人從左右以長距離武器反擊吧。

全身隱藏在大盾後方的美女以兩倍於「守護騎士廳」時的速度發動突擊。

來到我的攻擊距離時，我輕輕踹起有些前傾的大盾。

失去平衡後屁股著地的大盾美女，其後方果然可見到繞至左右方打算襲來的刃槍美女和長柄斧美女。

原本打算先讓大盾美女失去戰鬥能力，但兩人的掩護卻比我想像中要快。

我用手撥開在離心力之下發出咆哮的長柄斧，讓其撞上自相反側襲來的刃槍。

然後就這樣用力扯過長柄斧，向一併被拉過來的美女賞了一記膝擊讓她昏迷。或許是用力太猛，美女的身體傳來骨頭受力的聲響。

倘若不小心控制力道，很有可能會讓她們身受重傷呢。

利用從昏迷的美女那裡奪來的長柄斧，我對準重新舉起刃槍的美女下巴處掃出以奪取對方的意識。為了不讓她很快醒來，我又用長柄斧的金屬箍輕戳一下使其悶哼一聲。

——剩下五人。

以魔巨人的殘骸作為掩蔽物，四名偶數編號成員往這裡接近。

為了先解決站起來的大盾美女，我用長柄斧砸向大盾使其失去平衡——奇怪？

這個計畫結果是失敗了。

或許是長柄斧的劈砍太過銳利，同為鋼鐵製的大盾上半部被輕易地整個砍飛。

我接著躲開自大盾旁邊刺出的細劍連擊。

像這樣的近距離，長柄武器實在很難施展。

將棘手的大盾美女留待稍後處置，我先將注意力集中在自後方逼近的四人。

由於看不見她們的身影，我於是仰賴雷達的光點追蹤其行動。

這個時候，挾帶如格鬥遊戲角色般的敏捷動作，另一個自大盾美女後方跳躍而來的美女揮下了戰鎚。

由於專心看著平面的雷達，萬萬沒想到會從上方攻擊，所以反應遲了一些。

就因為這樣，用長柄斧匆忙擋下戰鎚後卻暴露出空檔，這一次又換成大劍美女從大盾美女的身旁繞過來襲擊。

她們相同的臉龐讓我混淆不清，但幸好都使用了不同的武器。

雙手持拿大劍的美女以橫掃的方式劈砍而來。

再這樣下去，毫無防備的身體就會被大劍直接命中。

——以普通人來說的話。

我用力踹地，在地板上踩出一個洞，然後使勁舉起陷入地板的腿部，將整塊地板帶上來作為障眼之用。

原本只是想用來牽制對方，但剝除的地板面積比想像中還大，結果把大劍美女連同地板都踢上了空中。

這算是異世界版的翻榻榻米吧？

然而我無暇沉浸於這種無謂的感想，下一波攻擊又來了。

輕輕跳起的大盾美女，短槍美女自其下方滑進來，由下而上刺出銳利的槍尖。

要是正常閃避，身體就會大幅失去平衡。

我僅用腳踝的力量讓身體躍起，不足的力道則是抓緊大盾美女的肩膀拉扯予以彌補。

重新站起的戰鎚美女用豪邁的打擊再度襲向空中的我。

我的手在大盾美女的肩膀上用力一推，整個人飛向半空中，千鈞一髮之際躲開了戰鎚的攻擊。鎖定在天花板上著地的瞬間，動作最慢的彎刀美女釋放魔法箭襲向我。

——真是的，簡直忙死了。

我踹著天花板躲避魔法箭，就這樣以雙手落地，彷彿跳著令人懷念的霹靂舞那樣用迴旋踢奪取了戰鎚美女和短槍美女的意識。

用大盾接下我的迴旋踢後，美女在地面翻滾而去。防禦力高的對手還真是麻煩。

——剩下三人。

撥開地板後復活的大劍美女，在這時瞪著我這邊發出吶喊。

不光是染紅的雙眼，就連耳朵和鼻子都流出紅色液體。身體差不多快有危險了。她的體力值已經減少至一半左右。

出現在她額頭上的魔法陣挾帶詭異的紫色光輝逐漸變大。

魔法陣擴大至籃球一般的直徑，由此生出數量非比尋常的魔法箭。是剛才的五倍數量。

她的魔力值明明為零，不知為何竟然還能釋放魔法箭。

或許是對身體的負擔相當沉重，對方伸向這邊的手臂及手指都清晰地浮現血管。

我踩著閃電型軌道避開第一波射擊，然後將手指嵌入第二具魔巨人掉落地面的腿部，將其拿起來當作盾牌抵擋。然後一邊防禦著無盡的魔法箭，同時向大劍美女靠近。

在代替盾牌的腿部即將迎接攻擊前，美女揮下飛舞在空中的大劍。

接著我突然放開魔巨人的腿，舉起拿在另一隻手的長柄斧準備接下對方的大劍。

——不祥的預感。

不知道是出自「長柄武器」技能或是其他的技能。

然而拜這個預感所賜，我避免了和長柄斧一併成為大劍犧牲品的結局。

＞獲得技能「察覺危機」。

雙手拿著被砍成兩段的長柄斧，我逃向身後。

後方有返回前線的大盾美女正在接近中。

儘管察覺到這一點，但或許是以為對方會用細劍攻擊，所以我未能完全避開她的盾牌攻擊。

我彷彿遭卡車撞上一般被推上天空，大劍美女如狂風般的劈砍隨之而來。再加上還有彎刀美女從側面施展出猶如陀螺旋轉般的謎樣招式。

一般來說應該無從躲避，但在此放棄一切就結束了。

根據現在位置和所能採取的手段，我考慮了幾個能不殺死美女而剝奪戰鬥能力的方法。轉眼間能夠想出這麼多點子，應該是拜高得異常的智力所賜吧。

我用雙手的長柄斧殘骸猛敲大劍的側面加以破壞，然後利用其碎片粉碎了彎刀美女腳下的地板。

＞獲得技能「破壞武器」。

猶如失去平衡的陀螺倒地一般，彎刀美女翻滾在地上。

面對手持損壞的大劍砍來的美女，我以拿在另一隻手的斧柄敲打並化解力道。然後進一步利用這股力道使出迴旋踢，讓大劍美女昏迷。

——剩下兩人。

先拋開翻滾在地的彎刀美女，我將注意力集中在大盾美女身上。

或許是體內的毛細血管已經破裂，這個女孩的皮膚和衣服也同樣鮮紅。

更要命的是，體力值已經非常不妙了。說不定在將她擊昏時，衝擊力就會讓她一命嗚呼了。

沒辦法。我拋開左手的斧柄，專注在對方的細劍上。

看準了將高速刺出的細劍收回所產生的靜止瞬間，我利用兩根手指頭夾住刀刃，憑藉異常強大的力量將其自對方的手中奪走。

>獲得技能「空手奪白刃」。

因武器被奪而出現慌亂的大盾美女，我用手抓住她的盾牌，強行在她和盾牌之間製造出活動空間。

大盾美女用空著的另一隻手想要抵擋我施展的攻擊，但已經太遲了。

如刺拳般擊出的輕盈一拳奪取了大盾美女的意識。

我轉頭準備對付剩下的彎刀美女，但對方似乎在跌倒時就自己撞暈了。

或許是確認戰鬥已經結束，通往王座廳的迴廊打開了。

這樣放著不管的話，美女們大概會就此喪命，於是我將「守護者廳」獲得的體力回復魔法藥全部用在她們身上以治癒傷勢。

雖然為了保險起見想留下一瓶給蜜雅使用，但如果太節省而害死其中一人我會很良心不安，所以就大方地全部用掉了。

不願讓巨乳美女就這樣白白死掉固然是原因之一，但更多是出自於同情被主人拋棄的她們。

我踏上迴廊，設定了賽恩所期望的那個稱號。

◆

賽恩的鼓掌聲迴盪在大房間裡。

「真是精彩哦。歡迎你，新的勇者啊。」

賽恩操控的影子，將聖劍朱路拉霍恩送到我身邊。

「你的目的是勇者嗎？」

「然也。」

「那麼何必這麼拐彎抹角，直接去沙珈帝國不就好了？」

我厲聲這麼問道。

美女渾身是血的模樣使我震撼，連帶心中也變得狂暴了。

「嗯，巴里恩的勇者嗎？在我造訪的時候，他已經被遣返了哦。」

「應該還有下一代吧？」

「都到這個季節了嗎？不過，時機不對啊。」

「什麼意思？」

「說出來你也不會懂。」

看來是沒有回答的意思。

在一問一答的同時，我一邊讓心靈鎮靜。

「我說魔法師——或者叫你不死王比較好呢？你真的只是想尋死嗎？」

「答案是，也不是。」

「我可不想跟你『打禪機』。」

聽見這個回答，賽恩發出了瘋狂般的笑聲。

兜帽底下，兩團紫焰瘋狂地搖曳著。

「咕哈哈哈，是嗎，原來是這樣啊。你根本不是勇者的後裔，而是從神國被召喚而來的傢伙吧。」

「我沒聽過那種國家。」

唔，隱約記得戰前或戰時的日本曾經被這麼稱呼過的樣子。

「嘎嘎嘎嘎，裝傻是沒用的，你向殘酷的神祈禱了什麼？追求了什麼？又奢望了什麼！」

「我什麼也沒奢望。」

真的，我連見都沒見過。

「真要說的話，就是希望休假吧？」

這個我倒是常常祈求。

「呼哈哈哈，好一個無欲無求。果真配得上勇者之名。」

「你自己又祈求了什麼？」

對了，還有，為何你的種族不是人類？

「你應該很清楚吧？早就看出來了對吧？沒錯，我乃夜之王，不死的存在。我向全能的神祈求了不死的身體、不會飢餓的生活，以及反抗不合理暴力的力量。」

「所以才會轉生為那樣的身體嗎……」

賽恩向兩旁展開雙臂，停止大笑搖了搖頭：

「這你就猜錯了。神讓我轉生為健康的嬰兒。然後，在值得尊敬的好父母養育下長大成人，甚至還讓我找到了既美麗又堅強，對我而言實在太過奢侈的伴侶。」

既然如此，為什麼——

「我徹底融入了新的人生。明明前世是被那麼不合理的暴力奪去了人生，卻一直以為這一世就會平安順遂。」

賽恩拿下兜帽。

點綴那白骨般面孔的兩團紫焰在眼窩深處燃燒著。

「我被看上妻子的貴族送入監獄，以莫須有的罪名處決。在神的祝福之下以現在的模樣復活後，我見到的是包括我父母在內，一族上下擺放在城門前的人頭。還有在台下，我那彷彿壞掉的人偶般被拋棄的妻子軀體……」

其白色的臉頰上沒有淚水。

取而代之的，是眼窩中噴發出憤怒的紫焰。

「不需要任何憐憫。我於是將一族的身體化為不死怪物，連同許多死於同境遇的人們的屍體，對當時擁有最高權勢的貴族展開殺戮，將他們全數消滅了。」

他不可能會掉眼淚。因為其模樣已經是白骨了。

「完成復仇後，我原本打算前往妻子等待的來世。但是神的祝福不允許這麼做。就連神職者的淨化或好不容易得來的聖劍，都無法讓我真正死去。」

他這麼說道。還「果真是神的祝福」。

「勇者啊，你很強。你擁有不沉溺於欲望的剛強。但是不要忘記，凡人是脆弱的。倘若真的珍惜和你一起的女孩，就千萬留意別讓她濫用神所賦予的力量。」

在萬事通屋，我好像也接受過類似的忠告。

「這種力量對人類而言太過強大了。千萬不要走上我的不歸路……」

「──感謝您的忠告。」

我將他的話牢牢記在心中。

「好了，勇者啊。一切該說的都說了。給我最後一擊吧！起碼在我整顆心也化為魔王之前將我毀滅。」

沒錯，魔法師賽恩──不，不死王賽恩這麼說道。

彷彿被充滿瘋狂的這句話所引導，我拔出了聖劍朱路拉霍恩。

刀刃呈扭曲的鑽頭狀，一把很不可思議的劍。
我祈禱般地舉起該劍，然後對準不死王賽恩刺出全力一擊。
「咕哈……咕哈哈哈。艾娜，我另一隻翅膀莉提艾娜。這次終於能到妳身邊了……」
賽恩的身體像沙子一般崩落。
慢了一拍後，長袍隨之掉落地面。
最後隱約聽到了「感謝你」的聲音。

>獲得稱號「弒不死王者」。
>獲得稱號「搖籃的征服者」。

◆

「嘻嘻嘻，失敗了呢。」
「嗯，失敗了呢。」
賽恩崩落的痕跡中，有兩團紫色的小小光輝浮現。
「再見，勇者。」

「是你贏了哦。」

感受到發自光芒中的邪氣，我下意識用聖劍朱路拉霍恩砍過去。然而，光輝雖然一度被劈散，卻立刻又聚集起來升向天空。

「下次再會吧。」

「下次見。」

不久，光輝就融入天花板之中消失了。

◆

是天使嗎？不過剛才卻感覺到了邪氣。

然而，現在不是慢慢思考這種事情的時候。因為——

『系統訊息，此「搖籃」的自毀序列已經執行。職員及訓練生請立即逃離。重複一遍——』

——沒錯，因為傳來了這樣的廣播。

我急忙來到蜜雅身邊，讓還處於昏迷狀態的對方喝下魔力回復藥。由於藥品未經過測試，所以每次都只讓她喝下三分之一分量——剛好整整一瓶就將她喚醒了。

「蜜雅，認得出我嗎？」

「……哥哥？」

不對吧。

蜜雅矇矓的眼眸逐漸聚焦。

由於體力還未充分恢復，眼神顯得相當無力。

「這裡是？」

「『托拉札尤亞的搖籃』的王座廳。」

聽我這麼說，蜜雅鞭策著不聽使喚的身體尋找賽恩的蹤影。

「別怕，他已經不存在了。以後不會出現在妳面前了。」

「真的？」

「真的。」

現在不是這麼悠哉交談的時候了。

『自爆序列已經執行。職員及訓練生請立即——』

必須趕快阻止才行。

「蜜雅，妳有辦法阻止這個『搖籃』的自爆嗎？」

「我試試。」

我抱起腳步踉蹌的蜜雅，將她帶到操作板那裡。

試著操作一陣子後，蜜雅搖了搖頭：

「不行。」

這也太早放棄了吧。

難怪托拉札尤亞要感嘆了。

我取代蜜雅觸摸操作板。雖然是精靈語，不過沒有問題。

我用觸控面板一般的操作手法尋找所要的目標。

——有了。

確認詳情後，其內容令我嘖了一聲。

「佐藤？」

「是啊，抱歉。別擔心，蜜雅妳一定可以逃出去。」

賽恩似乎也不希望讓蜜雅犧牲，於是設定了以蜜雅為對象的脫離用轉移功能。

只不過，除此以外的功能全部都鎖起來了。

雖然只要緊緊跟著蜜雅的話應該可以一起被轉移，但樓下的美女們不用說，就連被我放置在「守護騎士廳」的No.７也無法得救。

難得小心翼翼不將她們殺死，總不能因為這樣就讓巨乳美女白白犧牲。

由於轉移開始的計時器還可變更設定，所以我重新設定在一分鐘之後，然後抱著蜜雅走下樓梯。

主選單的倒數計時器也配合這個時間事先設定好。

這是一種用來管理支援魔法再次詠唱的時間，相當方便的功能。雖然作用簡單，卻獲得了前作的後衛職業玩家熱烈的好評。

「蜜雅，聽好了。」

「嗯。」

我將美女們集中，讓蜜雅握住她們的手。

然後用皮帶將蜜雅和美女們的手固定在一起以防鬆開。

「我還必須去救另一個人。」

「佐藤。」

蜜雅拖著虛弱的動作——即使如此，仍拚命責難我的行動。

一邊確認倒數計時器，我撫摸著蜜雅的頭髮：

「不用擔心，我不會死的。」

——剩下十五秒。

「我保證。」

「保證，真的要保證！一定要遵守約定，要遵守哦？絕對哦。」

驅使著顫抖的舌頭，蜜雅這麼說道。

——剩下三秒。

「嗯嗯，我一定會活著回去。」

我向逐漸被轉移消失的蜜雅這麼點頭。

——我可沒有自殺的喜好。一定會活著回去。

◆

一手拿著聖劍朱路拉霍恩，我從謁見廳飛奔而出。

蜜雅的脫離彷彿是一種信號，在她們轉移的同時，「搖籃」的自爆系統也發動了。

構成通道的藤蔓和牆壁都被染成白色，變得十分脆弱。

因為有「發現陷阱」技能的指示，我逐一閃避並跳過那些可能會踩空的場所，繼續在迴廊上前進。

跑下第一個大階梯的期間，天花板開始變白並且剝落。

面對堵住去路的白色物體，我用飛踢加以排除。

「好鹹！」

——這白白的東西是鹽？

我連同口水一起吐出跑進嘴裡的鹽片。

雖然這種行為有點沒公德心，但應該沒有人會責怪吧。

用走樓梯的方式太耗費時間。我選擇沿著支撐螺旋階梯的粗大柱子向下跳躍。

平時的我絕對不敢這麼做，但恐懼抗性克服了我的膽小心理。途中我以聖劍刺進柱子裡以減低墜落速度。

聖劍完好無缺地達成使命，我成功越過了其他八個樓層高度的螺旋階梯。

然後跑向眼前的外牆大洞，一步步靠近其邊緣。

對於接下來要做的事情，我有一點……沒錯，有那麼一點點的猶豫。

我做了個深呼吸，壓下恐懼。即使擁有恐懼抗性，似乎也並非能輕易辦到。

最後我下定決心，邁出步伐。

——就為了像剛才那樣繼續下墜。

要是有人在外面看見，大概只會把我當成是想自殺的人吧。不過這是我審慎評估之後才行動的。

將樹皮上的突起和裂痕當作落腳處，我以高速向下移動。

要是遠離大樹樹幹，似乎很有可能會整個人頭下腳上一路向下墜，但這方面並不用擔心。

規模上的差異會防止這一點。

因為這裡的突起和裂縫都有懸崖或巨石般的大小。即使遠了一些，在墜落不到一百公尺的距離內都能遇到這些物體。

換成平時是相當危險的高度，但我在抵達聖留市之前就已經實際驗證過了，所以沒有問題。

享受著近似高空跳傘或雲霄飛車的刺激及驚悚感，我來到了一百層的「守護騎士廳」。

「真的假的——」

由於以接近墜落的速度向下移動，距離被捲入上層的白鹽化應該還有充裕的時間……

「——根部都在崩潰了嘛。」

剛才一直跳躍所以沒有察覺到。這時緩緩傳來大樹根部崩潰並沉入地面的振動。大概就連根部也開始白鹽化了吧。

再這樣下去，或許就無法使用原先預計好的手段了。

不過，嗯，大概沒問題吧。

我用聖劍劈開「守護騎士廳」的外牆。這次並不是朱路拉霍恩，而是使用了聖劍王者之劍。由於朱路拉霍恩形狀上不適合劈砍，所以才更換。
斬殺上級魔族時的神劍雖然很厲害，但聖劍王者之劍也毫不遜色。真是鋒利得驚人。
我輕輕鬆鬆地劈開外牆，成功入侵了「守護騎士廳」。
然後將還在昏迷的No.7像行李一樣扛在肩上跑了起來。
不過，奔跑的方向並非樓下。

「——有人在嗎！」
「在呦～」
聽見我的呼喚，樹精二號用懶散的聲音回答。
那聲音顯得很鎮定，絲毫不擔心大樹崩潰後會因而喪命。
「妳能把我們送到這棵樹的外面嗎？」
「不行。」
回答得相當乾脆。
不要緊，我早就預料到這種狀況——
「不過，只要給我觸媒用的種子和魔力的話，就能送你們到生長在盆地的古樹樹洞內哦。」

——然而，樹精二號笑瞇瞇的表情卻否定了這種必要性。

魔力的話沒有問題。不過種子——

「什麼種子都可以嗎？」

「嗯，因為只是用來作為媒介，把中斷的連接線硬接起來而已。只要是植物的種子都可以哦～」

早知道就先摘幾個中途看到的水果。

剛才的「守護騎士廳」裡面沒有，不過往上一個樓層應該可以找到吧。

——不，我這邊有個好東西。

「要是這個種子可以，就動手吧。」

「等等……種子是沒有問題，不過需要剛才的三倍魔力哦？被榨乾我可不管哦？」

三倍的魔力就是一千點左右吧。

由於已經完全回復，所以用掉三分之一的魔力並沒有問題。

「沒有問題。拜託妳了。」

「好～」

我將收在儲倉裡，用手帕包起來的堅果交給樹精二號。這是獸人小孩們之前送給我的東西。

樹精二號嘩啦啦地吞下堅果，然後對我伸出手。

伴隨彷彿「啾」一聲的觸感，我的嘴唇被覆蓋住，開始以猛烈的速度吸取魔力。

魔力消耗之後，我感到一種貧血般的寒意。就像發動流星雨時的那種感覺。

最後留下「啾啵」的水氣聲，樹精二號將臉移開。

「總算接上了哦。」

一臉滿足的樹精二號牽著我的手進入妖精之環。

「那麼出發～」

樹精二號容光煥發地下達出發命令後，散發綠光的胞子圓環開始形成管狀閘門。

歷經些許的異樣感後，我們已經移動到樹齡大約一千年的古樹樹洞內。

「謝謝妳的幫忙，樹精。」

「嗯～不用客氣哦。反正魔力我也吸得很飽呢。」

笑嘻嘻的樹精二號隨口回答，然後傾頭不解地詢問：

「對了，你們不用逃走嗎？」

「逃走？」

——為什麼？

之後我問不下去了。見到樹精二號所指的方向，我整個人面無血色。

老實說，比起面對上級魔族吾輩君或在沒有繩索的情況下墜落，眼前的情況更加讓我感到背脊發寒。

我將No.7扛到肩膀上，然後對樹精二號伸出手。

「我不要緊哦。只要還有森林就不會死。」

相信童女搖著頭說出的這句話，我便扛著No.7衝了出去。

伴隨雷雲般低響直撲而來的，是白鹽所形成的海嘯。

要是被那東西追上鐵定會窒息而死。不，在那之前就會先被壓死了。

由於有過待在影子裡的經驗，所以我總覺得自己應該都不會死，但要是被埋在鹽巴裡像乾貨一樣痛苦好幾年的話就太討厭了。

推開乾枯的樹木，我捲起柔軟地面的塵土在盆地上狂奔。

>獲得技能「穿越惡路」。

我對搖晃的視野逐漸感到壓力，於是在獲得「穿越惡路」技能後，我對一直放著不管的「搬運」技能分配點數予以有效化。

奔跑突然變得輕鬆起來了。

從地面的起伏和植被，我彷彿可以推測好跑的路線或是該閃避的路線為何。

雖然速度明顯提高，但頂多和汽車差不多而已。

自後方逼來的白色暴虐波浪，伴隨著轟隆聲一步又一步接近中。

——唔，再差一點就要被追上了。

思考。

趕快思考。

我那高得離譜的智力是為何存在的。

如今的我沒有可以突破僵局的技能。

要學什麼新技能才好？

能快速奔跑的「疾走」技能早已經使用了。

那麼，其他還有什麼？

——空氣變得潮濕。

沒時間了。

目光盡頭好像有東西在發光。

是水？池塘或沼澤？

是什麼都無妨。不要把思考用在無謂的事情上。

要阻止海嘯的話，該怎麼做才好？

防波堤。對了，就是牆壁。

——牆壁？

要拿出儲倉的瓦礫嗎？

不，要是這麼做只會一起被沖走，反而徒增危險性。

彷彿在打斷我的思考，火山彈一般的鹽塊掠過身旁，掉入前方的水池裡掀起水柱。

這幅光景讓我腦中靈光一閃。

什麼？

波奇和小玉快哭出來的表情閃過眼前。這是什麼記憶？

『燒水壺生氣了～？』

『救命喲！燒水壺的人生氣了喲。』

不要跑走馬燈了。

帶點鹹味的水花讓我感到不快，卻仍傾注全力向前奔跑。

不是像小火焰彈那種沒用的火魔法，要是有土魔法就能製作牆壁——

——沒用？

不對，並不是沒用。

剛才波奇和小玉的回憶讓我想到一件事。

為了不干擾路線的選擇，我將地圖開小以確認行進方向。

很好，非常可行。

我稍稍偏移前進路線，拿出至今最認真的態度奔跑。

由於無法承受我的腳力，長靴已經穿洞了。整個腳底被扎得刺痛。

在抵達目的地的數秒前，我打開主選單一切準備就緒。

——來，製作一個防波堤吧！

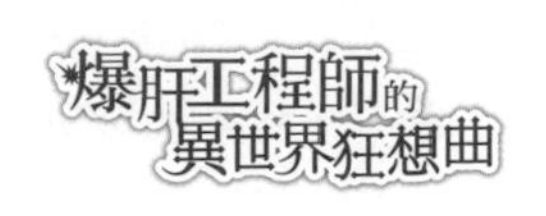

我用思考操作主選單，使用了魔法。

當然，此刻該選擇的就只有小火焰彈。

散發高熱的火焰塊飛過空中。

在命中的同時，挾帶全部的熱量伴隨轟隆聲掀起巨大的水柱。

當然不僅只有一發。後續擊出的第二發、第三發攔腰撞上水柱，產生出團狀的熱蒸氣。

『水汽化之後體積會變成一千倍。』

說這句話的人好像是亞里沙吧。

更緊接在後的一發，將未化為蒸氣的水柱一部分加以汽化，給予蒸氣推力。

白鹽的海嘯，在猛烈撞上呈爆發性膨脹的蒸氣牆之後停住了。

——然而，僅僅是一瞬間的停止。雙方質量相差太多了。

白色援軍隨即趕到並突破了蒸氣牆，新的浪頭再度顯現。

包括從蒸氣牆側面湧入的白鹽海嘯，也自左右方逼來想要將我攬入其胳臂。

見到這種狀況，想必許多人的眼中都會流露出絕望。

就連扛在肩上的No.7，倘若清醒一定也會不斷尖叫吧。

——所以我必須說，這都在預料之內。

剛才短短的一瞬間是必要的。

短暫的時間給我了抵達第二地點的機會。

眼前是草原——看似草原的濕地。

在腿部沉入濕地前，我又邁出另一條腿，以漫畫一般的跑法穿越濕地。

來到水量十分充裕的區域後，我開始進行下一階段。

以彷彿腦部要燒毀的高速度，我不斷連打魔法欄中的小火焰彈。

狙擊的地點，則是有「算數」技能和「火魔法」技能會指示我。

厚厚的蒸氣防波堤阻擋了白鹽海嘯，我平安抵達了圍繞盆地的群山腳下。

V獲得技能「穿越水面」。

V獲得稱號「生還者」。

V獲得稱號「焰術師」。

>獲得稱號「業火的霸者」。
>獲得稱號「粉碎絕望者」。

◆

爬到山頂後，我將No.７放在看似柔軟的地面上。

就地圖上所見，這一帶似乎是「搖籃」與「長毛鼠酋長國」的交界。

和蜜雅一起逃出的美女們就在隔著盆地的反方向山頂上。所有人好像都平安無事。

為了安全起見我本來打算趕回去，但店長和我家的孩子們卻是陪在蜜雅身邊。他們什麼時候來的？

要是有手機就能報平安，不過沒有的東西再怎麼強求也無濟於事。等以後到王都或是迷宮都市後，再找找看有沒有類似功能的東西吧。

由於沒必要急著趕回去，所以我站在懸崖邊觀看「托拉札尤亞的搖籃」最後的結局。

這個往盆地方向突出的懸崖邊，似乎算是「搖籃」的領域。

我目送大樹頂端沉入白鹽的霧氣當中。

其中噴得特別高的鹽柱就彷彿是賽恩的墓碑。

鹽柱平息至某種程度後，地圖上的最後一隻魔物從清單裡消失了。

彷彿在配合這個時間點，紀錄以驚人的速度開始流動。

這還是繼「龍之谷」以來的現象。

我操作紀錄的捲動軸往回捲動，發現在獲得戰利品的前一刻有「打倒了地圖內的所有敵人」的訊息。

之前在迷宮裡推測的，戰利品的自動回收條件似乎就是這個了。

這次並沒「源泉」之類的記載。

我將新的戰利品全數移動到「托拉札尤亞的搖籃」的目錄裡。

整理工作以後再進行吧。反正其中大部分是魔物的屍體和損壞的器材。另外就是包括賽恩的魔法書和托拉札尤亞的房間內存放的大量書籍。

在白鹽的霧氣下方，倒塌大樹的樹幹和樹枝崩落的地面振動傳來。

稍稍默禱後，我便轉過身子。

新的旅程

「我是佐藤。有邂逅就會有離別，這才是旅行的樂趣所在。在以書信為主流的時代，關係很快就變得疏遠，但電子郵件普及後，總覺得持續交流的人變多了。」

好了，去大家等待的地方吧。

突然想起自己還光著腳，我於是從儲倉拿出「羽毛重甲鞋」。由於平時一直在使用剛才壞掉的那雙長靴，所以很久沒有裝備這個了。

為了方便移動，我利用儲倉內的廢木材製作了一個背架。以隨意製作的成品來說倒是挺堅固。為了避免在移動中讓她受傷，我用厚厚的床單包住No.7然後固定在背架上。

沿著光禿禿山頭的稜線跳躍般地奔跑，我用了比想像中更短的時間便返回大家所在的場所附近。

由於太陽在中途下山，所以對我造成了一些麻煩，但最後藉助於「夜視」技能和「穿越惡路」技能得以全部跑完。

夜都這麼深了，大家好像都還醒著的樣子。

他們似乎就在燃燒得格外明亮的營火旁露營。其周邊地上有大量的紅針蜂屍體，以及聚集前來啃食，看似小狗般的小動物。

跳過好幾塊岩石，我抵達了大家所在的草地。

察覺這個聲響，波奇和小玉立刻從營火前跌跌撞撞地跑來。

另外還有個穿過兩人中間而來的影子——想不到竟然是莉薩。

「主人——」

淚如雨下，莉薩帶著重重的鼻音緊緊抱住我。

為了不被體重上的差距撞飛，我壓低重心後接住了她。莉薩的體重絕對不算重，而是我恢復少年模樣的身體有些太輕了。

就在我對莉薩意外的舉動感到錯愕之際，波奇和小玉也爬上我和莉薩的身體自左右兩邊緊緊抱住。

「歡迎回來～？」

「是喲！」

說著，或許是無法準確地表達她們的欣喜和安心感，兩人都不斷輕咬我的頭部和肩膀，然後在臉上舔來舔去。總覺得就像真正的貓狗那樣激烈呢。

「我回來了，抱歉讓你們擔心。」

「您平安無事實在太好了……」

莉薩抱著我哭了好一會，在聽到我的話之後用哭腔回答一句，然後又再度哭泣。

過了一段時間，或許是察覺自己一直抱著對方很難為情，她於是離開我身上。

乘這個機會，我也將波奇和小玉兩人放到地上，然後不停摸著她們的腦袋。

「很擔心喲！」

「有受傷嗎～？」

波奇和小玉抬頭望著我，看似很擔心地問道。

亞里沙和露露則是遲了獸娘們一些才跑過來。其身後還有店長的身影。

露露很含蓄地說了一句：「歡迎回來。」並面露微笑。接著，她將手放在微微低頭沉默不語的亞里沙肩膀上，將對方推向我這邊。

面對下定決心抬起臉的亞里沙，我靜靜等待她的開口。

那雙大眼睛裡堆滿了彷彿要溢出的淚水。

「……我……我擔心死了！真是的，答應我不要再這樣勉強自己了！」

發自內心深處激動的這句話，我坦率地接受。

然後在道歉的同時一邊溫柔地擁抱她，輕輕拍打著她的背部。

我不斷哄著眼淚彷彿終於潰堤般不斷哭泣的亞里沙。或許是受到影響，就連波奇和小玉也跟著亞里沙一起哭了起來。

在大家停止哭泣為止，我不知道已經說過幾次道歉的話。大家因擔心我而流下的淚水或怨言，讓我有些荒蕪的心感到了溫暖。

我向不知道該選擇什麼時機開口的店長告知：「一切都結束了。」而店長的回答果然還是一樣簡潔。

我用公主抱的姿勢抱起不斷哭泣的亞里沙，走向無法獨自行動而一個人睡在營火旁的蜜雅。

將打包著No.7的背架放下來，我來到蜜雅身邊。

「佐藤。」

「我回來了，蜜雅。」

「約定，遵守了。」

「嗯嗯，當然。」

我將手伸向看似要站起來的蜜雅，扶起她的上半身。

「讓我正式道謝——」

蜜雅微微清了喉嚨，整理一下思緒後開口：

「我是波爾艾南之森最年輕的精靈，拉米薩伍亞和莉莉娜多雅的女兒，蜜薩娜莉雅．波爾艾南。希嘉王國的佐藤，我要向你獻上最大的感激之意。」

說著，蜜雅在我的額頭上親吻。

奇怪？之前提到的那位雅潔小姐不是母親嗎？

如果是美女大姊姊，真希望能幫我介紹一下。

>獲得稱號「精靈之友」。

◆

「話說回來，這個背架是什麼行李？莫非逃出那棵大樹的時候順便搜刮財寶回來了？」

擦拭著紅通通的眼睛，亞里沙望著被打包起來的No.7這麼問道。

明明就是前公主，說話居然這麼粗魯。

「這是我一起救出來的女孩哦。」

「女孩？你居然還想追加後宮成員！」

說得這麼難聽。什麼後宮，不就只有一堆小孩子嗎？起碼要滿二十歲才行呢。

我背著背架走向附近的大石頭。

在那裡，和蜜雅一起逃出的美女們被看似藤蔓的繩子所綑綁，然後拴在大石頭的後方。大概因為稱號是「賽恩的人偶」而被當成了敵人對待吧。

在美女們的身旁，身兼監視和防止魔物靠近的護衛赤盔全神貫注地戒備著。

「這是我跟蜜雅一起救出來的女孩們的姊妹哦。」

「啊啊，是這些女孩吧。還以為是七胞胎，原來是八胞胎呢。」

魔造人有所謂七胞胎這種說法嗎？

儘管亞里沙的話讓我傾頭不解，我仍將No.7從背架放下並讓她躺在美女們的身旁。

大概是下手太重了點，她的狀態異常依然為「昏迷」。由於不光是精力，就連體力也在減少當中，所以我解開用來保護她的床單以確認狀態。

比較可惜的是，負責動手的人是莉薩。

我原本想要做，但亞里沙卻出聲反對。

雖然很失禮，但冷靜想想我並不是醫生，所以就算再怎麼檢查也無濟於事。

解開包裝後見到No.７的面孔，其他美女們發出了歡呼聲。

由於很聒噪，我在重逢的激動平息後讓她們安靜下來。

No.１出面代表其他人向我道謝：

「佐藤先生，您不只沒有奪走我們這些敵對之人的生命，還竭盡所能地營救No.７脫離絕境。對此我們實在是感激不盡。」

其他姊妹們也紛紛在她之後開口道謝。看樣子，編號愈小說話似乎就愈流暢。

她們好像從「搖籃」崩潰一事察覺到賽恩已經死亡。現在就此事向我確認，我自然也很坦白地告訴她們。

但在這之前，我先拜託亞里沙使用精神魔法「覺醒」讓No.７從昏迷中醒來。畢竟同樣的話要說兩遍是很麻煩的。

「那麼，主人他……」

「嗯嗯，已經成佛了。」

原本我擔心她們聽不懂「成佛」這個字眼，但似乎存在這方面的概念，所以很容易就接受了。在這個國家，似乎是用「升天」來形容比較普遍。

這群姊妹們小聲地商量著什麼事情，然後一起面向我。

怎麼回事？

「佐藤主人。今後我們就跟著新主人佐藤大人了。」

有巨乳美女跟在身邊確實很令人高興，但數量未免太多了點。

更重要的是，亞里沙她們吞著口水靜待我回答的目光實在很刺痛。

拒絕的話有點可惜，但我又並不想建立後宮，所以不斷思索著要如何拒絕。

「不過，跟在您身邊服侍之前，請給我們一些時間。我知道這樣已經逾越下人的分際，但還是希望能將前任主人的遺物送到女主人所長眠的墓前。這點請您務必原諒我們。」

原來是要把賽恩遺物送到他太太墳前嗎。因為沒有拒絕的理由，我便立刻答應了。

出於好奇，我接著詢問關於遺物的詳情，結果——

「我們接下來打算去搜索『搖籃』的遺跡。」

——居然是這樣的回答。

據她們所言，是要尋找「結婚戒指」。確認儲倉後果不其然，就存在於「托拉札尤亞的搖籃」的戰利品之中。

我透過口袋從儲倉取出戒指，遞給No.1。

「這是！」

「賽恩交給我保管的。希望妳們能確實送到他妻子的墳前。」

「我用生命保證！」

No.1將手貼在胸前，頂著神采奕奕的表情保證道。

唔，也不用那麼慎重其事。

「所以，還請從我們幾人之中挑選一位隨從。」

如果是挑選坐檯小姐倒是比較輕鬆，不過要從同樣臉龐的八位美女當中挑選的話就難度很高了。

「妳們全部都去掃墓無所謂哦。」

「不，豈能這麼做。」

「那麼，就由妳們自己決定吧。」

由於當下被拒絕，我便將一切決定權交給她們自己商量。反正我們這邊已經有五個人了，再增加一個人也沒有多大的差別。

他們似乎在用猜拳來決定誰要留下。巨乳美女一臉正經地猜拳的模樣，看起來實在是很超現實的光景。

最後獲選的人是No.7。

「主人，今後請多多指教了——這麼宣言道。」

「嗯嗯，請多指教。」

她身後的七人則是很不甘心地咬牙切齒著。

沒錯，因為No.7是靠猜拳贏得了成為我隨從的資格。

我還以為是輸掉的人才要留下來，所以感到頗為意外。

由於No.7叫起來很繞口，我便為她取了一個新的名字，原先的用意只是當作暱稱或外號使用，卻連她狀態欄上的名字也一起改變了。

「那麼，請多指教了，娜娜。」

「是的，主人。」

其他美女也很想要新的名字，但一次幫這麼多人想太過費事，我於是告訴她們等掃墓回來後再說。

聽到我取的名字，亞里沙用責難般的半瞇眼盯著我看。我知道自己本來就沒什麼命名的天分，所以妳就死心吧。

或許是為娜娜取名的緣故，娜娜的稱號從「賽恩的人偶」變成了「佐藤的人偶」。而彷彿呼應一般，其他七個人的稱號也和娜娜一樣出現變化。

我就這樣順勢讓娜娜一併同行了。

雖然很歡迎巨乳美女的加入，但實際年齡零歲卻是個大問題。由於No.1是兩歲，大概再過兩年就可以改掉那種奇特的說話方式吧。

亞里沙她們一臉埋怨般的表情望向這邊。

看來要說服她們，有得辛苦了。

◆

等待天亮的期間，我試著向店長提議將蜜雅送回精靈之村。

由於是蜜雅本人這麼希望，所以很輕易就獲得了許可。

兩人的對話大概如下——

「尤亞。」

「什麼事？」

「回村子。」

「送妳。」

「不用。」

「不要緊嗎？」

「和佐藤一起。」

「這樣啊。」

真希望他們能再多說幾個字。

店長呼喚我並主動和我握手。亞里沙見狀居然發出欣喜的尖叫聲。

「可以拜託你嗎？」

「送蜜雅一程嗎？當然沒有問題哦。我原本就預計要到公都那裡，所以類似是順便同行吧。」

「是嗎……」

店長握著我的手，將目光固定在我身上。

呃，能不能不要有這種ＢＬ的情節？

「波爾艾南之森的尤薩拉托亞，拜託希嘉王國的佐藤。請將波爾艾南之森的幼子蜜薩娜莉雅送回故鄉。」

「好的，請包在我身上。」

哦哦，第一次聽到店長說這麼多話。

由於這原本就是我們主動提議的事情，所以我也爽快地允諾了。

這樣一來，在觀光完公都之後，似乎就能前往包覆神祕面紗的精靈之村觀光了。

據賽恩所言，上一代的勇者似乎被遣返，得以返回原來的世界，所以我可以毫無顧慮地盡情觀光。維持原訂計畫，漫遊完希嘉王國後就去造訪沙珈帝國的方針似乎很不錯。

天亮後，我們在店長的魔法幫助下移動至聖留市近郊的森林。

森林的樹木會自行讓開道路的舉動很有奇幻風格。僅僅走了十分鐘左右的「妖精之路」，眾人便來到了聖留市附近。

真想學習這種魔法。

森林魔法的技能照慣例在我踏入「妖精之路」的瞬間就獲得了，但最重要的咒語部分似乎是精靈的祕傳，無法傳授給我。

我們和赤盔在「搖籃」前告別。店長表示要用森林魔法送對方一程，但他卻直接這樣徒步返回村落了。當然，我一直保管的魔法柴刀也沒忘記還給他。

娜娜的姊妹們則是一起來到聖留市的近郊，然後在那裡分開。

她們的套頭連身迷你裙讓我大飽眼福，但由於不太適合長途跋涉，我便將莉薩的備用衣服和外套分給她們。至於旅途中的必要用品，在本次的戰利品當中大多都有，所以我給她們的數量以方便攜帶為主。

既然要旅行，最大的問題就是她們的種族名了。這方面也有解決方案。

這次的戰利品當中有個叫「化人護符」的道具，除了可將種族偽裝成人類，似乎還能隱蔽種族的固有能力。

這個護符據說是賽恩入侵都市時所使用的。

雖然無法騙過原版的大和石，但碰上設置在都市入口的複製品大和石或普通持有「能力鑑定」技能的人時，應該都不會被識破才對。

我的儲倉內有好幾個，於是便將娜娜以外的份全部交給No.1。

就這樣返回聖留市的我們，在回旅館好好睡一覺之前還有許多事情要做。

「——原來如此，是憎恨希嘉王國的神祕死靈魔法師嗎。」

「是的，幫助我們的六人組劍士大人是這麼說的。」

我們在門衛的辦事處向騎士索恩敘述事情的經過。而我被擄走的理由，則是聲稱對方把我和店長搞錯了。

當然，這是亞里沙她們前一晚編造出來的謊言。「六人組劍士大人」是亞里沙所知的沙珈帝國勇者一行人的組成。

或許是相當出名，騎士索恩聽完後便斷定：「那想必就是勇者一行人沒錯了。」

至於魔法師作為據點的高塔，我告訴對方在魔法師死亡後便一起倒塌成為瓦礫堆。

沒有主人的「魔法師之塔」似乎就像一座寶山，為了避免聖留伯爵領的軍隊前往侵略鼠人族的地盤，我於是謊稱已經倒塌了。

由於無從告訴對方正確的位置，我只說在「灰鼠酋長國」和「長毛鼠酋長國」的交界地帶。

「等一下，潔娜！」

「是啊，等等。」

「放開我，必須快點去救人才行！」

辦事處外面傳來令我很熟悉的聲音。

「請問騎士索恩在嗎？」

我和進入辦事處的伊歐娜小姐對上目光，於是向她點頭致意。而她在回禮的途中卻突然轉身回到了外頭。我做了什麼被她討厭的事情嗎？

先不管這個，既然她在這裡，那麼外頭吵鬧的應該就是潔娜和莉莉歐，還有另外一個名字想不太起來的女性護衛士兵吧。

「佐……佐藤先生！您平安無事嗎！」

在伊歐娜小姐的帶領下，潔娜匆匆忙忙地跑進辦事處，為我的平安歸來表達欣喜之意。

「讓妳擔心了──」

我要道歉的話被潔娜的哭泣聲打消了。她當場坐在地上，就像個小孩子一樣嚎啕大哭。

我拚命安撫著潔娜，為讓她擔心一事道歉。

莉莉歐她們本來也想出聲安慰，但卻被伊歐娜小姐制止了。雖然我並不需要像這種貼心的舉動……

在騎士索恩的安排下，我讓潔娜繼續待在辦事處內直到她冷靜為止。

過了好一陣子，終於冷靜的潔娜坐在椅子上小聲開口：

「對不起，像個小孩子一樣……」

「不，我才是，害妳這麼擔心。」

似乎是值完夜班回到城內兵舍的潔娜打算換了衣服來找我玩的時候，莉莉歐等人便告訴她我被綁架的事情。

於是她直接借用領軍的馬匹，打算到都市外面尋找我的下落，卻被莉莉歐她們阻止。

雙方差點就這麼錯過了嗎。

很高興妳這麼擔心我，不過這樣也太亂來了吧。潔娜。

「對了，前幾天的魔物騷動，忘了把東西拿給妳──」

「這是……」

我將跳蚤市場買來的耳環親手交給潔娜。

由於我們這幾天就要出發離開聖留市，倘若不乘現在交給她，就不知道下次什麼時候才有機會了。

沒錯，雖然很難向臉上帶著笑容欣賞耳環的潔娜開口，但還是先說一聲吧。

畢竟一聲不響就出發，未免太沒有朋友義氣了。

「潔娜。」

「是……是的！」

我看著她的眼睛這麼叫道。對方的眼中也投射出我的模樣。

——被這麼注視實在很難開口。

「其實我受人之託，要把這次一起被擄走的精靈女孩送回故鄉。而我家的小孩子們也摩拳擦掌的，所以總不能放著行商的工作不管一直在這裡休息。」

潔娜的眼中失去光輝，笑容急速褪色。

怎麼回事？有種強烈的罪惡感。

「精靈的故鄉是……」

「據說是位於公都的南部。」

「您……您不會再回到聖留市了嗎？」

從椅子上起身的潔娜抬頭望著我這麼追問。

彷彿被那拚命般的態度所震懾，我開口回答：

「沒這回事哦。」

「……太好了。」

潔娜全身失去力氣一般將身體靠回椅子上。

參觀完公都或王都，然後在迷宮都市賽利維拉讓亞里沙她們修行一番後，接下來繞向西邊返回聖留市的話應該是個不錯的主意。

完成希嘉王國的遊歷之旅後返回出發點的聖留市，再去遊歷外國的幾個國家吧。

夢想愈來愈廣大了呢。

「我要在迷宮都市讓這些孩子修行一番，或許待的時間會比較長。等回到聖留市之後，我會拜訪潔娜，敘述這一路上的許多見聞。」

「……好的，約好了哦。」

就像之前的亞里沙一樣，我也和潔娜用小指打了勾勾。這似乎是王祖大和所流傳下來的習俗。

打完勾勾後潔娜對我露出微笑。但和之前見到的開朗笑容不同，而是彷彿在勉強自己般的生硬笑容。這讓我有點在意……

◆

歸來的當天每個人都睡眠不足，所以就一起睡到了隔天。

從隔天開始，大家便分頭進行啟程旅行的準備。

馬車已經有了，但還必須準備馬車要裝載的物資才行。包括我們的食物、生活必需品還有馬兒們的飼料。

這些東西我都委託娜迪小姐幫忙籌備。

而我們幾個則是主要專注在採購自己的隨身用品。

雖然想要購買娜娜和獸娘們的皮甲，但工匠卻表示無法製作亞人的裝備而拒絕，於是就先買了我跟娜娜兩人的防具跟盾牌。

至於皮甲，由於訂製的話就趕不上出發的日期，所以便改買可以用皮帶調整大小的成品。雖然防禦力會低一點，但這樣一來莉薩應該也能共用我的皮甲才對。

再加上我有「皮革工藝」技能，只要買好材料應該就能自行製作波奇和小玉的皮甲了。

我在商會收購了熟皮、毯類毛織品、毛線以及棉花作為謊稱的交易品。鞣製前的生皮雖然比熟皮便宜，但鞣製過程中會產生很臭的味道，所以還是購買了加工後的商品。

雖然沒有希嘉王國的行商許可證，但只要在商業公會支付一枚金幣，就能像影視出租店的會員卡那樣在當天發證。

由於我剛在公所申請補發了第二次的滯留許可證，所以似乎可以省略這個手續。

這次發行的行商許可證並非出入都市之際可以用來減免關稅的高級許可，而是「可在商業公會進行大量商品買賣」的最低等級行商許可證。

當然，少量交易就不需要這個許可證，但購買大量商品的人若沒有許可證也太不自然，於是就預先辦了一張。

為了善加利用買來的素材，我繞到書店尋找關於加工方法的書籍。

位於內牆裡面的書店是由略遜於娜娜的巨乳女性在看店，實在是大飽眼福——不對，店內七個大書架上擺放各式各樣的書籍，不僅有實用類的，連小說和繪本也一應俱全。

順帶一提，這裡沒有販賣地圖。雖然聽說可以在公所購買，可是不但價格昂貴，好像還要經過一番審查才行。

基本上只要不離開街道，沿路上都會有類似里程碑的醒目石頭路標，所以應該不會迷路才對。

沒辦法，我於是放棄地圖，請老闆爺爺幫我挑選一些必要的實用書籍，然後再讓看店的賽莫妮女士代為選擇幾本繪本或小說。

老闆挑選的從《旅行和可食用的植物》、《藥草辭典》、《馬車維修反查手冊》這類十分實用到《魔法道具的基礎》等充滿浪漫情懷的書籍都有，都是一些相當吸引我的陣容。

老實說很想把整家店都買下來，但還是忍住了。在這個物流不發達的異世界裡，獨占書籍可不是一件好事。

我精挑細選出真正必要的書籍，將數量壓縮在三十冊左右。

書籍非常昂貴，總價就要超過十枚金幣。由於今天不趕時間，所以我在經過一番殺價和交涉後以剛好十枚金幣買下了。

魔法道具相關的書籍雖然有點貴，卻是必要的支出。

畢竟我還是希望自己製作魔法道具看看。

書店隔壁是魔法店，我也進去逛逛。

遺憾的是，初級以外的魔法書似乎不能賣給市民以外的人。

甚至連魔法卷軸也一樣，不管是什麼種類，只能販賣伯爵允許的少部分人士。

卷軸只要有魔力就可使用魔法，某層面來說就像是武器一樣，不過……

就連刀劍的買賣都沒這麼嚴格。

無奈之下，我只好買了一整套初級魔法書。價格挺昂貴的，不過既然合乎市場行情價，我也就沒有怨言了。

或許是覺得跟這裡的老闆殺價很麻煩，加上一開始就是行情價，所以我自然乖乖付款。

這裡也販賣魔法藥，我分別購買了幾瓶中級的體力回復藥和下級的魔力回復藥。

順便還購入亞里沙和蜜雅用的長杖以及我要用的短杖。

魔法藥如果可以自製會很方便，於是我便詢問是否有販賣調配道具和入門的書籍，但卻被老闆罵說去鍊金術店買。

之後我造訪了鍊金術店。但可能是被當成肥羊，對方用相當高的價格賣給我一套入門組合。

若只是這樣還好，對方居然對鍊金術裡最重要的「鍊成板」狀態為「故障」一事絕口不提。

由於外表看起來是相當氣派的「鍊成板」，完全不像故障品，我一時也不好要求：「這是不良品，請幫我換一個。」所以改聲稱：「我不喜歡這個鍊成板的設計。」讓對方交換其他商品。

接著拿來的「鍊成板」也是存在同樣問題的商品，於是我又反覆交換了好幾次，最後終於拿到了正常品。

話雖如此，或許是我鑑定得太準，被年邁的諾姆老闆看出我擁有「鑑定」技能。不過就因為這樣，接下來的交易變得非常順利。

但之後在他的鼓吹下，我不小心大量購買了用於鍊成解毒藥藥的素材「龍白石」。這次的揮霍得向亞里沙她們保密才行。

今後必須多多留意諾姆的甜言蜜語了……

另外，「鍊成板」的不良品似乎是年邁老闆對於顧客進行的一種測驗，藉由讓對方多次前來更換正常品，以讓客戶從中學習鑑定和交涉的方法。

在這麼採購的閒暇時間裡，我和露露一起接受老練馭手的訓練指導，每天都過著非常忙碌的日子。最後，出發的日期終於來臨。

「主人，行李都裝好了。」

「非常順利～？」

「很完美喲！」

「了解，妳們先上馬車吧。」

前去確認行李的獸娘們回來向我這麼報告。

波奇和小玉扭動身體爬上駕駛台，莉薩則在後方幫忙推著她們的屁股上去。

「好高喲！」

「好壯觀～？」

波奇和小玉開心地在駕駛台上嬉鬧。

要站起來四下張望是無所謂，可別掉下去囉？

「看夠的話先進去馬車裡吧。不然我爬不上去。」

「系！」

「是喲！」

莉薩這麼勸誡兩人後，自己也輕輕躍上了馬車。

在這之後，莉薩也跟兩人一樣享受著從駕駛台眺望的視野，不過我就當作沒看到吧。

從門前旅館老闆那裡收下剛做好的便當後，露露和娜娜將行李交給莉薩，自己也上了馬車。

馬車的後半部推滿了行李，所以空間顯得有些狹窄。

我打算在出發後重新將它們收進「萬納背包」和亞里沙的寶物庫裡。

之所以不一開始就這麼做，主要是為了不讓周遭人知道我們擁有這種道具和技能。

會使用道具箱的人在各個都市起碼都有十名以上，但考慮到其實用性，貴族、大商人還有軍隊比較有這方面的需求。

要是被人盯上而強制徵用就很討厭了。

至於我這些孩子們，等出發後再告訴她們「萬納背包」的事情吧。

「佐藤。」

蜜雅帶著店長和娜迪小姐回來了。

「到頭來，房子的事還是沒能幫上忙，真是對不起。」

「不不，幸虧有這個緣分，才能買到這輛馬車嘛。

為了沒能找到適合的房子一事，娜迪小姐看似很愧疚地向我道歉。

老實說，我根本也忘記有委託她這件事情了。

「這是店長和我所贈送的餞別禮。」

娜迪小姐給我的所謂餞別禮是茶葉包和簡單的手繪地圖。

地圖是之前委託娜迪小姐繪製，其中包括了聖留伯爵領到公都之間的領地鄰接，以及各領地的都市名稱之類的資訊。

因為有了地圖和「探索全地圖」的魔法，所以只要知道領地的鄰接就不用擔心會迷路。

「蜜雅拜託了。」

「是的，請交給我吧。」

握住我的手，店長以認真的表情向我拜託。

大概是放心不下把同鄉的孩子託付給其他種族，他說話比平時長了一些。

話雖如此，亞里沙卻在後方發出腐味濃厚的尖叫聲，將這一切的氣氛破壞殆盡。之後再好好懲罰她吧。

「佐藤先生，下次回到聖留市記得來過夜哦。」

「嗯嗯，到時候我會再去叨擾的。」

「路上小心哦。我們這邊領軍很賣力，所以沒有什麼盜賊或魔物出現，不過其他領地就聽說有不少盜賊了。」

「謝謝忠告。我們會小心的。」

與瑪莎和老闆娘互相道別後，我讓馬車開始前進。

這時候，一個年幼的聲音傳來。

「等一下～」

「悠妮～？」

「是悠妮喲！」

我吩咐露露停下馬車，等待悠妮跑過來。

「這個，送給波奇和小玉。」

悠妮匆匆跑來，帶著利用幾個小堅果和帶子做成的首飾當作餞別禮。真是很有小孩子風格的可愛餞別禮物。

「悠妮，感謝～」

「謝謝喲。我會珍惜著吃喲。」

唔，這不能吃吧。

波奇的這句話，讓悠妮露出哭笑不得的複雜表情。

「這是用石華的果實做成的首飾，吃了會拉肚子哦。」

「好可惜～？」

「那麼，就帶在身上珍惜喲！」

「嗯！」

瑪莎這時在我耳邊悄悄告知，石華的果實是兒童之家裡每當有人被收養時所贈送的吉祥紀念物。

三人依依不捨地擁抱在一起。看看時候差不多，莉薩和瑪莎便出聲提醒三人，讓她們做最後的道別。

「我一定要學會認字，然後寫信給妳們！」

「小玉也要寫～」

「波奇也會寫喲！」

寫信聯絡真是令人懷念。對了，既然能夠幫助悠妮認字，就把那個學習卡片送給她吧。卡片的圖案我大致都記得，以後只要我做給那些孩子們玩就行了。反正製作卡片的技能都一應俱全。

「悠妮，這個卡片妳收下吧。」

「咦！可以嗎？」

我將學習卡片遞給有些惶恐的悠妮。

「嗯嗯，我們有兩套，就送妳一套吧。」

「謝謝。這樣一來，我一定會早日學會認字的。」

「小玉也不會輸~？」

「波奇也要學字，以後可以畫繪本喲！」

雖然對依依不捨的這三人很不好意思，但真的該出發了。

對前來送行的人揮手道別，我向負責駕車的露露下達出發指示。

我僅僅一次望向中央大道另一端的城裡。

之前對潔娜說過今天早上會出發，不過她似乎沒有來送行的樣子。從地圖看來，她好像也沒有離開城裡的兵舍。

距離天亮都已經過了四個小時以上，看來再等下去也是一樣了。

◆

穿過聖留市的正門之際，亞里沙向我詢問：

「今天預計要走多遠？這個時間出發的話，應該到不了其他的都市或城鎮。是不是要在街道旁的村子裡過夜？」

「我們不去村子。據娜迪小姐所言，村落對亞人的歧視比較嚴重，所以我打算隨便找個地方露營。」

回答亞里沙的同時，我一邊將雷達的有效距離開至最大以戒備周遭狀況。最大範圍大概有三百公尺左右吧。

「露營～？」

「就是在空地上點起營火，周圍鋪好床鋪後睡覺。」

「像迷宮那個時候喲？」

「是啊。」

聽見我說明的波奇兩眼閃閃發光地這麼詢問，於是我對她點點頭。

「耶～」「是喲！」

不知為何，兩人都高興得跳起來。被她們的動作嚇到，馬匹們也停了下來。

兩人被莉薩斥責之後，我向她們詢問高興的原因。

「在一起好開心～？」

「可以跟主人一起睡喲！很開心喲！」

面對笑容滿面的波奇和小玉，我不斷撫摸著她們的腦袋。

「可以出發了嗎？」

「嗯嗯——」

正要點頭這麼回答露露之際，我發現雷達上有個除我們以外的藍色光點。

藍色是標記過的人，也就是某個我認識的人。

「等一下。」

似乎沒有必要打開地圖查看是什麼人了。

「——佐藤先生——！」

我回頭望向正門那裡傳來呼喚我的聲音，是騎著一匹白馬的潔娜。

後方的亞里沙喃喃自語：「現地妻（註：指出差或旅行當地的偷情對象，或稱「現地嫁」）的逆襲？」但我不予理會。

為了不妨礙街道上的行人和馬車，我吩咐露露將馬車停在路肩。

「佐藤先生！」

用手梳理著被風吹亂的頭髮，潔娜一邊騎著馬接近。她此刻是一身不適合騎馬的藍色禮服打扮。就像約會的時候一樣，甚至還化了妝。

「太好了，還來得及！」

「我才是，出發前能見到妳真是太好了。」

潔娜應該不至於會拋棄家裡，像個不請自來的老婆跟著我們一起旅行。不過那慎重其事的化妝和禮服卻讓我無法這麼篤定判斷。

「……我考慮了很久。」

被一臉正經的潔娜所震懾，我就這樣等待著她這句話的下文。

「像莉堤艾娜公主那樣拋棄家族跟在戀人身邊，這種事我做不到。」

畢竟成長於重視家族的世界裡，這是理所當然。

亞里沙看似有些不滿，但並不像要開口插嘴的樣子，所以我繼續專心聽著潔娜的說明。

「所以，我不會要求佐藤先生您：『帶我一起走吧。』」

「一起走吧～？」

「潔娜也一起走喲！」

打破沉重的氣氛，波奇和小玉出聲邀請潔娜。

「謝謝妳們。不過，我目前沒辦法。」

向兩人道謝後，潔娜將目光轉回我身上。

——應該說，她剛才是不是強調了「目前」二字？

「到了春天，我弟弟成人之際會繼承家主之位。我已經獲得他的承諾，在那之後將可以自由決定我要的生活。所以，等到了春天——」

說到這裡停頓一下，然後彷彿要甩開什麼念頭般繼續開口。

潔娜的視線一直鎖定在我身上。

「——我也會去迷宮都市！」

……呼——差點以為她要向我求婚呢。

或許是說到這裡開始覺得難為情，潔娜的視線轉到了亞里沙身上。

「亞里沙，到時候就來一決勝負哦！」

「哼哼，慢了一拍的千金小姐會有勝算嗎？等妳到了迷宮都市，就只能咬牙切齒地看著我跟主人之間的小孩了哦。」

……再怎麼說，這也不可能發生吧？

亞里沙彷彿壞心腸的反派角色那樣「呵呵呵」地笑著。別這樣，其他三個年幼的小孩子會亂模仿的。

我於是答應潔娜，抵達大都市之後一定會寫信給她。

比較難為情的是，我又和她用小指打了勾勾。這麼頻繁地打勾勾，可是打從我兒時以來就不曾有的事情了。

「那麼，潔娜，我就期待在迷宮都市賽利維拉能夠見到妳了。」

「是的，佐藤先生！在那之前還請您等著我！」

幸好沒有演變成令人感傷的別離場面。

面對帶著太陽一般燦爛微笑揮著手的潔娜，我也朝她揮手道別。

那種開朗的笑容，真的非常適合這個大晴天。

至於她臉頰流下的一行眼淚，我假裝沒有看到，只是不斷揮著手直到看不見她的身影為止。

「不要一副那種表情嘛。以後我們都會在一起。」

亞里沙越過駕駛台的椅背，這麼輕拍了我的腦袋。

「肚子痛～？」

「很痛苦喲？」

「佐藤？」

年幼的孩子們紛紛擠開亞里沙，看似憂心地抬頭向我望來。我微笑著回答：「我沒事。」

「主人，寂寞的時候就靠在女人的胸前哭——行動函式庫裡是這麼說。」

娜娜以溫柔的動作將我抱在她胸前。

那輕柔的觸感和溫柔的香氣，逐漸治癒了我那些許的寂寞。

「等……等一下！這是犯規哦！露露也不要只看著，趕快對抗！」

「不行哦，亞里沙。駕駛馬車時要看著前方才行。」

亞里沙這麼氣憤道，我只好從娜娜的治癒空間裡抽身。

將莉薩遞來的果汁水放到嘴邊，我將與友人道別後的寂寞一併吞進肚子裡。

喀啦喀啦，匡咚匡咚——馬車伴隨著聲響一路前進。

讓小玉坐在大腿，肩膀上扛著波奇，我轉頭望向前方。

來吧，開始享受異世界之旅吧！

後記

大家好，我是愛七ひろ。
感謝您拿起本書《爆肝工程師的異世界狂想曲》第二集！
為了能像這樣再繼續出版第三、第四集，今後我將努力創造出有趣的故事。
所以，如果還在猶豫要不要購買，希望您直接就拿到櫃台結帳吧。

那麼，本作雖然一直都在網路上公開，但為了讓ＷＥＢ版和書籍版的讀者都能獲得樂趣，於是以ＷＥＢ版故事為基礎進行了大幅的修改。

首先來談談本作的精彩之處。
看過ＷＥＢ版的讀者，是否發現封面的大樹了呢？
陽光灑落葉縫的那一端，其隱約可見的大樹便是本次的冒險舞台。閱讀ＷＥＢ版的讀者看到封面後或許會訝異「奇怪？有這一幕嗎？」或是「莫非直接跳到了精靈之森篇！」

我不會這麼亂來的，敬請放心！

由於連續兩集的舞台都在地下太過於單調，所以我便嘗試準備了新的舞台。就因為這個靈機一動的想法，使得佐藤最後大顯身手的場面完全變了一個樣。

第一集中，某些人的際遇和ＷＥＢ版不同，而在第二集裡同樣也有一部分人的命運會有所變化。當然，主要角色的待遇是不變的。想知道他們究竟會面臨什麼樣的命運，還請閱讀本篇吧。

在第二集，封面裡站在最醒目位置的紫髮小女孩亞里沙有許多活躍的表現。

是的，各式各樣的都有……

另一方面，同樣出現在封面上，個性內向的黑髮露露雖然還是少有出場的機會，但我有追加她的出場次數以及與佐藤之間的互動情節。畢竟按照ＷＥＢ版的內容，直到從聖留市出發為止，她簡直就像個隱形人一樣。

話說回來，在第二集活躍的並不只有這兩人。

當然，波奇、小玉和莉薩這些獸娘們的活躍程度也不會輸給新登場的成員。另外，雖然比第一集要低調一些，但潔娜或莉莉歐等領軍們同樣也有活躍的場面。不用說，瑪莎跟悠妮也會充滿精神地登場。

還有，全國三萬名娜迪的支持者！讓你們久等了。第一集的出場機會完全被潔娜奪走後，終於能夠在第二集裡讓她登場了。
啊，店長當然也會出現。
不同於第一集的最後，本集的結尾雖然有點像腰斬ＥＮＤ那樣，不過故事依然會繼續下去，還請各位放心。
第三集我正在規劃與第一、二集不同的風格，打算塑造成溫馨的旅行日記&創造生產的故事。
不過這畢竟是個在街上約會也被捲入暴動或迷宮誕生的苦命爆肝世界，所以還不知道會不會走向這樣的劇情……
倘若故事真的偏往奇怪的方向，想必精明能幹的編輯一定會適時制止我，所以應該不用擔心。
那麼，差不多也沒什麼好聊的了，就進入答謝的部分吧。
責編Ｈ總是能提供我精確的指示，這份感激實在難以道盡。原本有些擔心對方聽不懂的地方，在提出之後卻能確實予以吐槽，真是不能掉以輕心。
面對我區區一名新人的延後交稿請求，對方居然爽快地調整了日程。儘管像這樣添了不少的麻煩，今後還是希望繼續給予指教以及鞭策。

然後，同樣也要感謝總是用美麗的插畫呈現出異世界的ｓｈｒｉ老師。

特別是本次的封面，實在太棒了。將這個封面設為桌布後，我總算能克服最不擅長的校稿作業。在亞里沙的笑容鼓舞之下，我希望就這樣一鼓作氣地挑戰第三集大綱的構思。

富士見書房的各位，校對、印刷、成書、物流以及在書店工作的所有人，同樣也很感謝各位！

正因為有了各位默默的支援，本作才得以問世。

而最要感謝的，就是各位讀者！

非常謝謝你們閱讀本作至最後一頁！

我們下一集再會！

愛七ひろ

Kadokawa Light Novels

盜賊神技～在異世界盜取技能～ 1~3 待續

作者：飛鳥けい　插畫：どっこい

誠二與莉姆兩人各自邁向的道路前方究竟是——

轉生至異世界後，誠二在每日的生活中逐步鍛鍊自己。前往王都的他終於在那裡碰上了伊莉絲最強悍的種族「龍人」！面對堅硬的外殼就如鎧甲一般，技能、種族或戰鬥經驗都占了壓倒性優勢的龍人，誠二要如何戰勝……!?

各 NT$200~240/HK$60~75

台灣角川

Kadokawa Light Novels

武藝精研百餘年，轉世成精靈重拾武者修行 1 待續

作者：赤石赫々　插畫：bun150

精靈少年全心全意精研武藝，目標登上武藝顛峰！

武術家斯拉瓦活了百餘年，辭世前始終未能以最強名號稱霸天下。然而他的習武之道並未就此中斷，因為他轉世成了「精靈」！重新投胎後他的目標仍只有登上「武藝的顛峰」！進入學院就讀後愛情開始萌芽，卻讓斯拉瓦的武者修煉之道開始出現波瀾——!?

NT$220/HK$68

Kadokawa Light Novels

冰結鏡界的伊甸 1~13（完）

作者：細音 啓　插畫：カスカベアキラ

少年樹爾提斯在穢歌之庭裡不斷前進。
只為了實現守護最愛之人的心願——

於穢歌之庭裡面對面的兩名少女，鏡子內外的實像和虛像都懷抱著相同的想法。身具魔笛的少年，擁有沁力的少女，無法觸碰的兩人所立下的誓言。所有的願望、戰鬥、決心和希望互相交錯的最終樂章到來！

台灣角川

各 NT$180~260/HK$50~78

國家圖書館出版品預行編目資料

爆肝工程師的異世界狂想曲 / 愛七ひろ作 ; 蔡長弦譯 . -- 初版 . -- 臺北市 : 臺灣角川 , 2015.09-
冊 ; 公分

譯自 : デスマーチからはじまる異世界狂想曲
ISBN 978-986-366-704-9(第 2 冊 : 平裝)

861.57 104015083

Kadokawa
Fantastic
Novels

爆肝工程師的異世界狂想曲 2

（原著名：デスマーチからはじまる異世界狂想曲 2）

2015年9月16日 初版第1刷發行
2020年1月20日 初版第6刷發行

作　　者：愛七ひろ
插　　畫：shri
譯　　者：蔡長弦

發 行 人：岩崎剛人
總 經 理：楊淑媄
資深總監：許嘉鴻
總 編 輯：蔡佩芬
編　　輯：吳欣怡
美術設計：黃永漢
印　　務：李明修（主任）、張加恩（主任）、張凱棋

發 行 所：台灣角川股份有限公司
地　　址：105台北市光復北路11巷44號5樓
電　　話：（02）2747-2433
傳　　真：（02）2747-2558
網　　址：http://www.kadokawa.com.tw
劃撥帳戶：台灣角川股份有限公司
劃撥帳號：19487412
法律顧問：有澤法律事務所
製　　版：巨茂科技印刷有限公司
ＩＳＢＮ：978-986-366-704-9